古典を楽しむ

絵で読む伊勢物語

山本登朗 著

和泉書院

はじめに

『伊勢物語』という作品の名前を知っている人は多く、また、中学校や高校の教科書などで一部の章段を読んで心打たれたという人も少なくありません。断ち切られた愛の絶望や禁じられた恋のおののき、世の中からの孤立と流離、そしてどんな時も変わらない友情など、『伊勢物語』には、今も人の心に訴えかける純粋な喜びと悲しみがあふれています。

そんな魅力に満ちた『伊勢物語』の世界のありのままを、江戸時代前期に描かれた絵の助けも借りながら、できるだけ多くの人々に味わっていただけるように、代表的な二十六の章段や場面を選んで、この一冊を編集しました。

絵を見ながら、そこに描かれていないものを想像したり、自分の心の中に別な絵を描いてみたり、気ままに楽しみながら、自由に『伊勢物語』の世界を味わってください。

目次

はじめに　1
『伊勢物語』について　4
（一）成立と作者　4
（二）『伊勢物語』が生み出したもの　4
（三）主人公のモデル・在原業平　5
（四）絵に描かれた『伊勢物語』　6
一　渚の院（第八十二段）　8
二　小野の雪（第八十三段）　10
三　西の対（第四段）　12
四　関守（第五段）　14
五　芥川（第六段）　16
六　帰る波（第七段）　18
七　浅間山（第八段）　20
八　八橋（第九段・その一）　22
九　宇津の山（第九段・その二）　24
一〇　富士山（第九段・その三）　26
一一　隅田川（第九段・その四）　28

一二　武蔵野（第十二段）　30
一三　春日の里（第一段）　32
一四　筒井筒（第二十三段・その一）　34
一五　河内越え（第二十三段・その二）　36
一六　高安の女（第二十三段・その三）　38
一七　あづさ弓（第二十四段）　40
一八　花たちばな（第六十段）　42
一九　ゆく蛍（第四十五段）　44
二〇　藤の花（第八十段）　46
二一　布引の滝（第八十七段・その一）　48
二二　いさり火（第八十七段・その二）　50
二三　竜田川（第百六段）　52
二四　あだくらべ（第五十段）　54
二五　みそぎ（第六十五段）　56
二六　斎宮（第六十九段）　58

参考文献　60
鉄心斎文庫について　61
あとがき　63

『伊勢物語』について

(一) 成立と作者

『伊勢物語』は、一人の作者によって一度に作られたのではなく、平安時代の前期、九世紀後半から十世紀後半にかけて、何人かの人々による増補・改作・改編が何度もくり返されて、いまのような形になったと考えられています。

『伊勢物語』の主人公のモデルとなっているのは、すぐれた歌人として知られる在原業平《ありわらのなりひら》(天長二年・八二五〜元慶《がんぎょう》四年・八八〇)という人物ですが、その業平が、自分自身を主人公のモデルにして、自作の和歌を中心にしたいくつかの短い物語風の文章を書いたことが、『伊勢物語』の最初の出発点になったのではないかと思われます。それらの文章と和歌が持っていた、これまでにない新鮮な魅力に共感した人たちによって、その後、次第に新しい章段が付け加えられ、既存の内容も部分的に書き改められて、いつしかそれは『伊勢物語』と呼ばれるようになったと思われるのです。

『伊勢物語』という書名の由来についてはさまざまな説がありますが、本書の最後に「二一六 斎宮」として掲載している第六十九段からその名が付けられたと考えるのが一般的です。本当にそうなのかどうか、皆さんも「二一六 斎宮」を読んで考えてみてください。

(二) 『伊勢物語』が生み出したもの

九世紀の後半、日本の和歌は長い低迷期を脱して復興の時期を迎えていました。在原業平は、その新しい和歌の代表的な作者の一人ですが、彼らの和歌は、『万葉集』を継承するだけでなく中国の漢詩の表現を巧みに学び取って、それまでにない新鮮な言葉の世界を切り開いてゆきました。その隆盛の中で、やがて延喜五年(九〇五)に、『古今和歌集』という、はじめての勅撰和歌集が生み出されることになります。『伊勢物語』は、そのような和歌隆盛の雰囲気の中で生み出されました。

『伊勢物語』は、和歌が詠み出された由来を語る、「歌物語」と呼ばれる形の物語の、代表的な作品です。『伊勢物語』に刺激され、触発されて、『大和物語』や『平中《へいちゅう》物語』など、たくさんの歌物語的な作品が作り出されたと考えられています。

『伊勢物語』は虚構の物語ですが、主人公のモデル・在原業平をはじめ、実在の人物が多く登場して、まるで事実であるかのように書かれてもいます。虚構と事実があいまいに入り交じったところに、『伊勢物語』のおもしろさがありますが、それは、歌物語的な作品のほぼすべてに共通する性格となって受けつがれています。

また『伊勢物語』には、『万葉集』の時代にすでに渡来していた『遊仙窟《ゆうせんくつ》』や、当時最新の作品だった『鶯鶯伝《おうおうでん》』など、中国でさかんに読まれていた唐代伝奇小説《とうだいでんきしょうせつ》と呼ばれる作品の影響が見られることが指摘されています。『伊勢物語』が持つ新鮮な魅力は、ひとつにはこのような伝奇小説の影響によるところがあると思われます。やがて生み出される『源氏物語』も、「長恨歌」など多くの中国文学を取り入れることによって作られていることが知られていますが、その点で、『源氏物語』は『伊勢物語』に導かれた作品であると言ってもよいでしょう。

禁じられた恋というテーマも、『伊勢物語』以前には物語の形で語られることはありませんでした。この面でも『伊勢物語』は『源氏物語』のさきがけになっています。『伊勢物語』は、さまざまな面で、それまでになかった新しい文学作品の世界を切り開いたのです。

（三）主人公のモデル・在原業平

在原業平は、平城天皇《へいぜいてんのう》（在位、延暦二十五年・八〇六〜大同四年・八〇九）の孫にあたります。祖父の平城天皇は、平安時代初頭の薬子《くすこ》の変で嵯峨天皇との争いに破れた敗者であり、孫にあたる業平はそのために冷遇されていたと考えられていましたが、そうではなく、ほぼ順調に昇進していることが指摘されています。ただ、それなりの屈折した思いがあったことは想像できます。

権力者だった藤原基経《もとつね》の妹で、清和《せいわ》天皇への入内が予定されていた若き日の藤原高子《たかいこ》（後の二条《にじょう》の后《きさき》）との間に恋愛事件があったことが『伊勢物語』に語られていて、それが虚構か事実かについて、現在でも意見が分かれています。その後、皇太后になった高子によって、業平は特に引き立てられ厚遇されましたが、元慶四年（八八〇）、五十六歳でこの世を去りました。

当時の歴史を記した『三代実録』には、業平について簡潔な人物評が記されていますが、そこには、業平は「閑麗」な美貌の持ち主だが「放縦《ほうじゅう》」できまりを守らず、官吏としての才はなかったが和歌が上手だったと記されています。いかにも天才的な作家にふさわしい、個性的な人物像だと言えるでしょう。

ちなみに、業平より少し後の時代の大歌人で、『古今和歌集』の編者の中心的存在であった紀貫之《きのつらゆき》は、業平を大変尊敬し、彼を六歌仙の一人に選び、『古今和歌集』にその歌を三十首も収録しています。また貫之の『土佐日記』には、業平の名が二回も登場しています。

（四）絵に描かれた『伊勢物語』

平安時代には、物語は多く絵とともに、絵を見ながら読まれたことが知られています。『伊勢物語』も例外ではなく、『源氏物語』に二回登場する『伊勢物語』は、どちらも絵を伴って読まれています。しかし、平安時代に数多く作られたはずの物語絵は、現在ほとんど残っていません。『伊勢物語』の絵も、平安時代に描かれた可能性のある「白描《はくびょう》伊勢物語絵巻」の一部や、鎌倉時代に描かれた「久保惣《くぼそう》記念美術館本伊勢物語絵巻」の一部、「異本伊勢物語絵巻」と呼ばれる作品の模本が現存するだけで、その他現存する絵は、ほとんどすべてが室町時代、それも後期以後のものがほとんどです。

『伊勢物語』はすべて写本で伝えられてきましたが、慶長十三年（一六〇八）、はじめて「嵯峨本伊勢物語」と呼ばれる豪華な版本《はんぽん》が印刷され、それ以降『伊勢物語』は版本の時代を迎えます。「嵯峨本」には四十九枚の絵が加えられていて、その絵は、江戸時代前期の『伊勢物語』の写本や版本に大きな影響を与えました。本書に使わせていただいた鉄心斎文庫《てっしんさいぶんこ》蔵の写本「絵入り伊勢物語」の絵はもちろん手描きですが、「嵯峨本」の影響を大きく受け、その図柄をほとんど踏襲しています。四十九枚の絵の中から、本書には二十六枚を選びました。

物語絵は、新しいものでも、その図柄は古い時代のものを踏襲していることが多いので、絵を見ることによって、私たちは、昔の人がどのように『伊勢物語』を読んだのかを推定することができます。本書の二十六枚の絵から、昔の人の『伊勢物語』に対するどんな理解や感情を読み取ることができるか、皆さんも挑戦してみてください。

絵で読む伊勢物語

一　渚の院（第八十二段）

昔、惟喬《これたか》の親王《みこ》と申すみこ、おはしましけり。山崎のあなたに、水無瀬《みなせ》といふ所に宮ありけり。年ごとの桜の花ざかりには、その宮へなむおはしましける。その時、右《みぎ》の馬《うま》の頭《かみ》なりける人を、常に率《ゐ》ておはしましけり。時世《ときよ》へて久しくなりにければ、その人の名《な》忘れにけり。狩《かり》はねむごろにもせで、酒をのみ飲みつつ、やまと歌にかかれりけり。いま狩する交野《かたの》の渚《なぎさ》の家、その院《ゐん》の桜、ことにおもしろし。その木のもとに下《お》りゐて、枝を折りて、かざしにさして、上《かみ》、中《なか》、下《しも》、みな歌よみけり。馬の頭なりける人のよめる、

世の中にたえて桜のなかりせば春の心はのどけからまし

となむよみたりける。また人の歌、

散ればこそいとど桜はめでたけれ憂《う》き世になにか久しかるべき

❖現代語訳

むかし、惟喬親王《これたかしんのう》と申し上げる皇子がいらっしゃった。山崎のむこうの、水無瀬《みなせ》という所に離宮があった。毎年の桜の花盛りには、その離宮へいらっしゃった。その時、右《みぎ》の馬《うま》の頭《かみ》だった人を、いつも連れていらっしゃった。年月がたって久しくなってしまったので、その人の名は忘れてしまった。親王たち一行は、本来の目的である鷹狩《たかがり》はそれほど熱心にしないで、酒ばかり飲んで、和歌をよむことに熱中していた。いま鷹狩に来ている交《かた》野《の》の渚《なぎさ》の院《いん》という離宮の桜は、特に美しかった。そこで、その桜の木の下で、みな馬から下りて座り、桜の枝を折って髪にさして、身分が上の者も、中間の者も、下の者も区別なく、みな和歌をよみあった。馬の頭だった人がよんだ歌、

この世の中に桜というものがもしまったくなかったら、春の人々の心は、咲くのを待ったり散るのを惜しんだりすることもなく、のんびりしておれることだろうに…。

とよんだのだった。別の人がよんだ歌、

すぐ散ってしまうからこそ桜はすばらしいのだ。このつらい世の中に、久しく変わらないものなど何があるだろう。すべてははかなく移り変わってしまうのだ。

満開の桜の下、屈折した思い

惟喬親王《これたかしんのう》は、文徳天皇の子、母は紀静子《きのしずこ》。承和十一年（八四四）に第一皇子として生まれ、父天皇に愛されましたが、六年後、時の権力者である藤原良房《よしふさ》の娘を母とする弟の惟仁親王《これひとしんのう》（後の清和《せいわ》天皇）が、生後わずか八ヶ月で皇太子となり次の天皇に決まりました。父の文徳《もんとく》天皇はその後も最後まで惟喬親王の天皇即位を望んでいたことが記録に残っていますが、その思いがかなうことはありませんでした。

天皇になる可能性を失った親王に仕えても何の利益もありませんが、在原業平《ありわらのなりひら》をモデルとする『伊勢物語』の主人公は、どこまでも親しく仕え続けます。この第八十二段では、「右《みぎ》の馬《うま》の頭《かみ》」として登場する主人公は「名前を忘れた」と書かれ、現実の歴史から一歩離れた物語の世界が描き出されてゆきます。

◈

淀川のほとりの山崎は古くから交通の要所

❖絵を読む

満開の桜の下に人物が五人。当時の桜は、いま多く見られるソメイヨシノ（江戸時代に作り出された改良種）ではなく、山桜です。絵の中でも、花と新芽が同時に開いています。五人は全員、肩が動きやすく作られた、狩の衣装である狩衣《かりぎぬ》を着用しています。一番豪華な狩衣を着た、むかって左奥の人物が惟喬親王でしょう。左手に鷹をとまらせている二人のうち、右奥の人物が主人公の「右の馬の頭」でしょうか。手前の二人は従者。右側の一人は酒を注ぐ銚子を持っています。中央に見えるのは高く積まれた宴の料理です。

で、平安時代には港としてもにぎわっていました。隣接する水無瀬《みなせ》は、平安時代初期の天皇が群臣を従えて何度も狩に訪れた所で、離宮もありました。「右の馬の頭」たちを連れて桜の花盛りにそこを訪れた惟喬親王は、本来の目的だった狩はほとんどせず、酒を飲みながら歌をよみ、淀川を渡って交野《かたの》の渚《なぎさ》の院《いん》という離宮（現在の大阪府枚方市）にやって来ます。

❖

当時の貴族たちが楽しんだ狩は、鷹を使って小動物や小鳥を捕らえる鷹狩《たかがり》です。鷹狩は、江戸時代までさかんにおこなわれ、高貴な家では鷹が飼われていました。絵の中では、二人の人物が左手に鷹をとまらせています。

ですが、一行は、鷹狩を楽しむ気持になれずにいます。満開の桜の下で、世の中に背をむけるかのように、身分の区別を越えて和歌をよみあい、心を通わせあう酒宴が始まります。

在原業平を思わせる「右の馬の頭」の和歌は、はかなく散る桜に魅了されて揺れ動く心を、もし桜がなかったらのんびりすごせるのに…と逆説的に表現した、大胆な一首です。さらに別の一人が、すべてがはかなく移り変わる、このつまらない世の中、そんな中で、すぐに散ってしまうからこそ桜は一層すばらしいのだという歌をよみます。満開の桜の下で、惟喬親王を囲んで春の宴を楽しむ彼等の心の底には、実は屈折した思いが隠れているのでした。

二　小野の雪（第八十三段）

…かくしつつまうで仕《つか》うまつりけるを、思ひのほかに御《み》ぐしおろしたまうてけり。睦月《むつき》に、おがみたてまつらむとて小野にまうでたるに、比叡《ひえ》の山のふもとなれば、雪いと高し。しひて御室《みむろ》にまうでておがみたてまつるに、つれづれといともの悲しくておはしましければ、やや久しくさぶらひて、いにしへのことなど思ひ出《い》で聞こえけり。さてもさぶらひてしがなと思へど、おほやけごとどもありければ、えさぶらはで、夕暮れに帰るとて、

　忘れては夢かとぞ思ふ思ひきや雪ふみわけて君を見むとは

とてなむ泣く泣く来にける。

❖現代語訳

…このようにして惟喬親王《これたかしんのう》のところに参上しお仕え申し上げていたのだが、予想もしなかったことに、親王は出家してしまわれた。正月、山里の庵《いおり》に隠居された親王にごあいさつしようと小野の里に参上したのだが、比叡山のふもとなので、雪がとても高く積もっている。そんな雪の中を、無理をして御庵室《あんしつ》に参上しお目にかかったところ、親王は手持ちぶさたでものさびしく、悲しそうな様子でいらっしゃったので、少々長い間御前《ごぜん》にお仕えして、昔のことなどを思い出してお話し申し上げた。そのままお相手したいと思うのだが、朝廷の公務もあったので、おそばに居続けることができず、夕暮れに、都に帰るといって、

　これが現実だということをふと忘れると、いま見ているのは夢ではないかと思ってしまいます。以前には考えたでしょうか、雪を踏み分けてあなた様にお目にかかろうとは。

とよんで、泣きながら帰ってきたのだった。

雪踏み分けて主従の対面

惟喬親王《これたかしんのう》は、二十九歳になった貞観《じょうがん》十四年（八七二）に、病を理由に出家しました。物語はそれを「思ひのほか」のこと、つまりお仕えしていた主人公たちにとって予想外のできごとだったと語ります。一の第八十二段で、主人公といっしょに親王のお供をしていたある人が、「憂き世に何か久しかるべき」（このつらい世の中に、久しく変わらないものなど何があるだろう）という歌をよみましたが、その言葉のとおり、あの楽しかった毎年の花見や酒宴も、もはや過去のものとなったのです。

❖

出家した親王がどこに住んだかははっきりしていませんが、『古今集』や『伊勢物語』には親王が「小野」（現在の京都市左京区）に住んだと記されています。小野は『源氏物語』の最後の舞台にもなった地ですが、その範囲は広く、現在の修学院あたりから大原まで含んでいました。来迎院《らいごう》や三千院のある大原の近く、大原上野町には、惟喬親王の墓と伝えられる五輪塔があり、宮内庁によって管理されています。

❖

正月、在原業平を思わせる主人公は、親王に

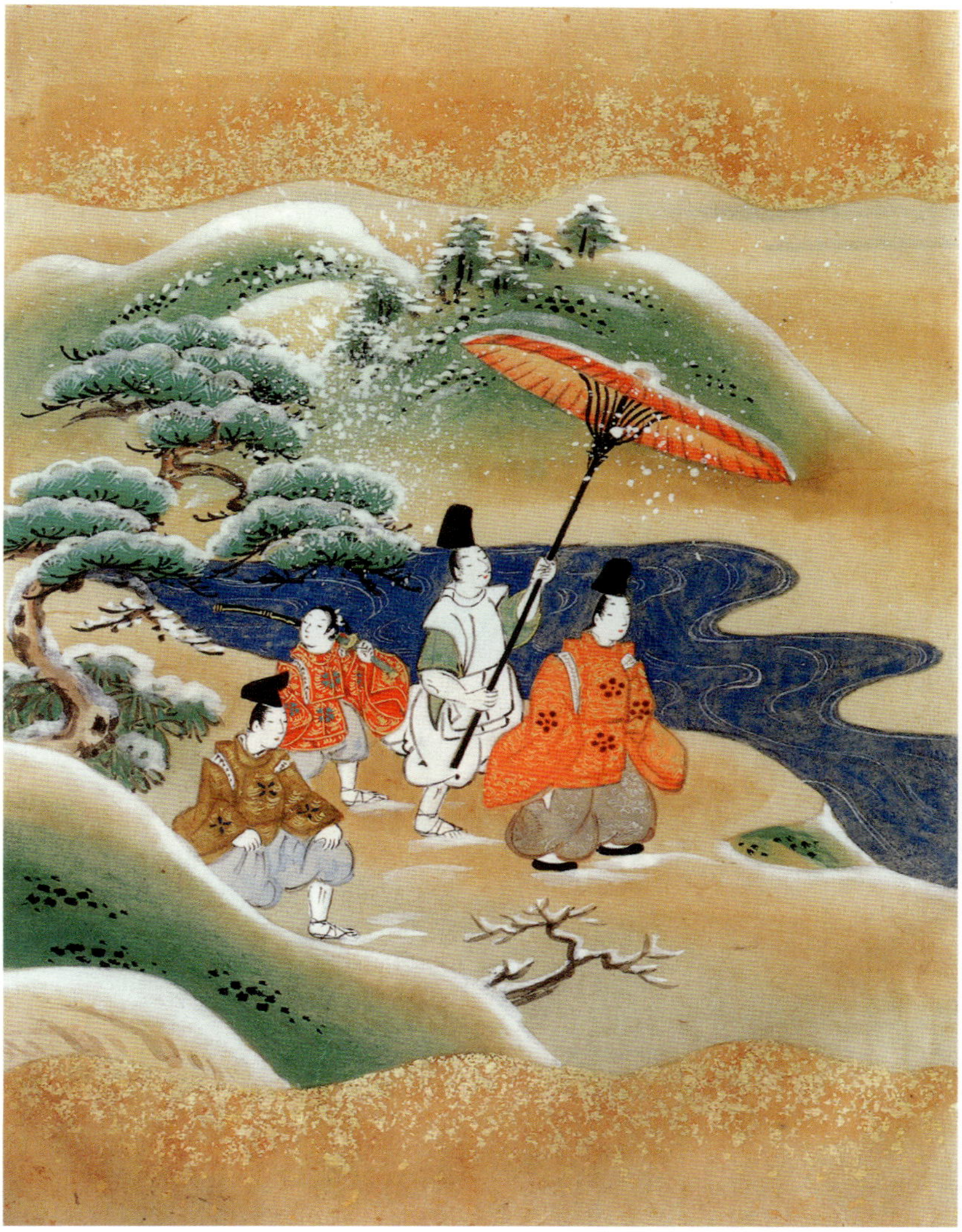

❖絵を読む

降り積もる雪の中を小野にむかう主人公たち。けれどもこれは、現実にはあり得ない光景です。平安時代、ある程度以上の身分の貴族たちにとって、邸宅の外を徒歩で歩くことは考えられないことでした。馬に乗るか、牛車などの乗り物に乗って、彼等は移動しました。身分の低い従者だけが、ご主人様のそばを徒歩で歩いたり走ったりしてお供したのです。

そうでなくても、雪の季節、大原の近くまで徒歩で行くことは、現在でも考えられません。なぜこの絵の中で、主人公は徒歩で歩いているのでしょう。

その答えは、主人公がよんだ和歌にあります。「雪ふみ分けて君を見むとは」という、誇張された心情表現が、ここではそのまま絵画化されているのです。ここに描かれているのは、現実的な光景ではなく、雪を踏み分けてでも惟喬親王を訪ねようとする、主人公のこころの光景だったのです。


年賀のあいさつをするため、高く積もった雪の中、親王が住む小野の庵室《あんしつ》を訪ねます。さびしそうな親王の所にいつまでもいたいけれど、公務があって長くは滞在できない主人公。『伊勢物語』によく出てくるパターンですが、仕事に追われる現代人にも共通する姿です。

やむを得ず帰らなければならない主人公は、親王に対して、「忘れては夢かとぞ思ふ…」という歌をよみ贈り、泣きながら帰っていったのでした。この歌も、いかにも在原業平の作にふさわしい名作として、よく知られています。


惟喬親王をまつった神社は北区雲ヶ畑にもあり、親王の伝説は、京都の地以外にも数多く広がっていますが、そのほとんどは、森に囲まれた山深い地です。いつのころからか惟喬親王は、ろくろを使って木製の器を作る技術を持つ「木地師《きじし》」と呼ばれる人達の祖先と仰がれ、彼等が本拠地を置いた、良質の木材が確保できる山中の地に、親王の墓や伝説が今も残っているのです。『伊勢物語』の世界は、さまざまな土地の伝承にまで姿を変えて、後世に受け継がれていきました。

三　西の対（第四段）

昔、東《ひんがし》の五条に、大后《おほきさい》の宮おはしましける、西《にし》の対《たい》にすむ人ありけり。それを、本意《ほい》にはあらで心ざし深かりける人、ゆきとぶらひけるを、睦月《むつき》の十日ばかりのほどに、ほかにかくれにけり。あり所は聞けど、人のいき通ふべきところにもあらざりければ、なほ憂《う》しと思ひつつなむありける。またの年の睦月に、梅の花ざかりに、去年《こぞ》を恋ひていきて、立ちて見、ゐて見、見れど、去年に似るべくもあらず。うち泣きて、あばらなる板敷《いたじき》に月のかたぶくまでふせりて、去年を思ひ出《い》でてよめる。

月やあらぬ春や昔の春ならぬわが身ひとつはもとの身にして

とよみて、夜《よ》のほのぼのと明くるに、泣く泣く帰りにけり。

❖現代語訳

むかし、左京の五条に、皇太后がお住まいだった、そのお屋敷の西《にし》の対《たい》に住んでいる女性がいた。その人に対して、最初から思っていたわけではないのにいつのまにか深い愛情を抱いた男が、通い訪ねていたが、旧暦一月の十日のころ、彼女はよその場所に姿を隠してしまった。移った場所を聞くことはできたが、そこは普通の人が行き通うことのできる所ではなかったので、男は、やはりつらい気持ですごしていた。翌年の旧暦一月、梅の花盛りに、去年を恋しく思って西の対に行き、立って見てみたり、座って見てみたりして見たが、その場所の様子は去年とはまったく違ってしまっていた。男は泣きながら、荒れ果ててすきまだらけになっている板敷《いたじ》きの床《ゆか》に、月が西に傾くまでうつ伏せに伏せって、去年を思い出してつぎのような歌をよんだ。

月は昔の月ではないのだろうか。春は昔の春ではないのだろうか。この私一人だけはもとのままの自分なのだけれど…、あの人はもういないのだ。

という和歌をよんで、夜がほのぼのと明けるころ、泣きながら帰っていったのだった。

事実と虚構が織りなす世界

左京の五条に住んでいた皇太后と聞くと、当時の人なら誰でも、実力者・藤原冬嗣《ふゆつぐ》の娘で仁明《にんみょう》天皇の女御《にょうご》となり、文徳《もんとく》天皇を生んでその即位後に皇太后となった五条《ごじょう》の后《きさき》・藤原順子《じゅんし》（八〇九～八七一）のことかと考えたはずです。その屋敷の西《にし》の対《たい》に住んでいた女性は、順子の姪《めい》で、清和《せいわ》天皇の女御となって陽成《ようぜい》天皇を生んだ二条《にじょう》の后《きさき》・藤原高子《たかいこ》（八四二～九一〇）である可能性が大きいでしょう。そのような歴史上の人物を思わせながら、物語はけれども、ここではけっしてその名前を明かそうとしません。在原《ありわら》業平《なりひら》を思わせる主人公と入内《じゅだい》が予定されていた西の対の姫君との恋は、事実だったのか、それとも物語の虚構にすぎないのか。『伊勢物語』が、中国の唐代に流行した「伝奇小説《でんきしょうせつ》」からの影響を強く受けていることが明らかになった現在では、その恋もすべて業平自身が創作した虚構だったとする見方が有力ですが、だとするとその虚構の物語は、いかにも事実であったかのように、わざわざスキャンダラスな形で書かれていたことになります。『伊勢物語』は、虚構でありながら危険なリアリティーを読者に感じさせる、それまでにない新しいスタイルの物

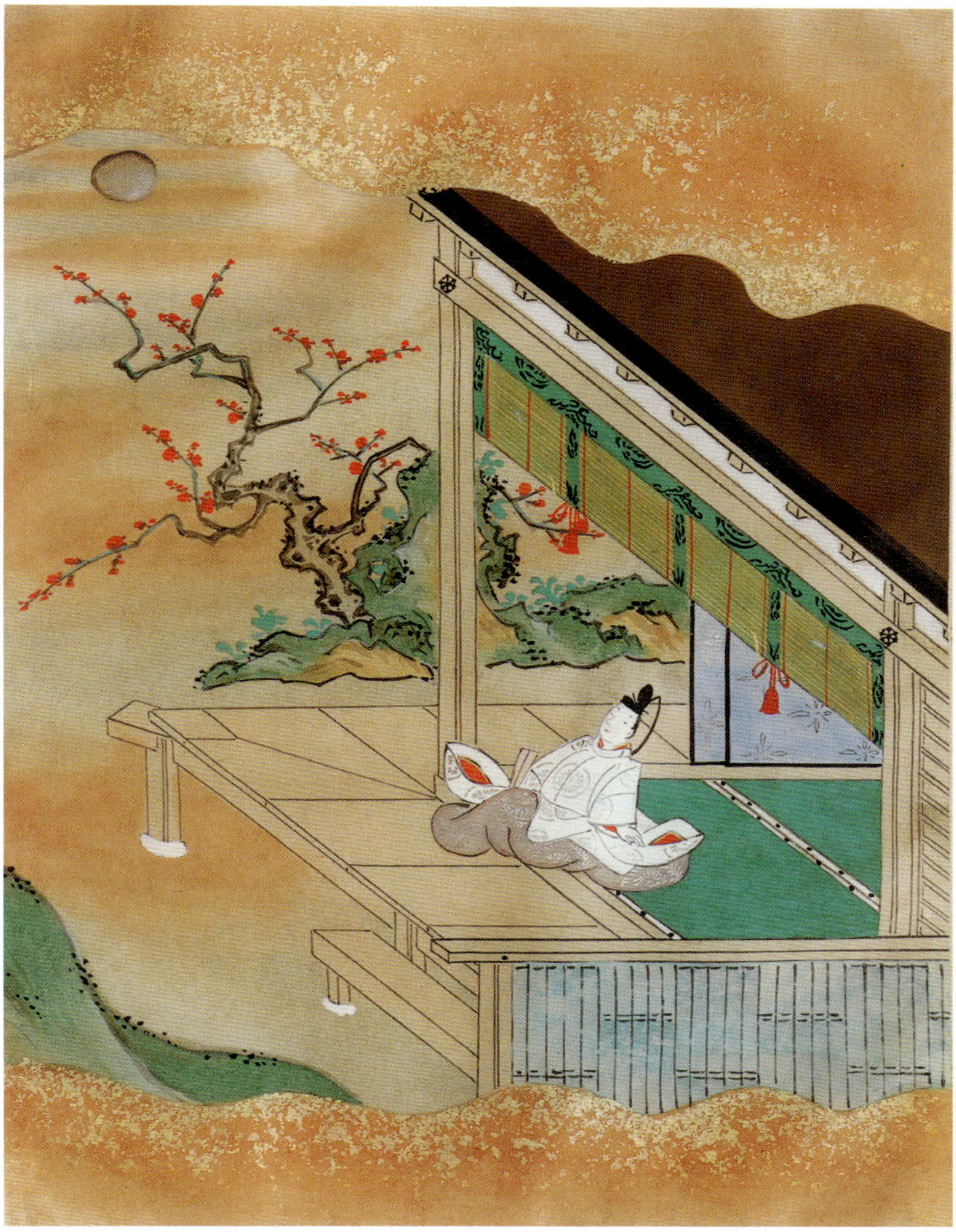

❖絵を読む

簀子《すのこ》（濡れ縁）と部屋の境目の段差に腰を掛けて、ややあお向けになって上の方をながめる主人公。物語では主人公は泣いてうつぶせに伏せっていたはずで、そのように描かれている絵もありますが、ここでは主人公の姿は、このように変えられています。この姿勢は、和歌の聖《ひじり》（最高の歌人）として崇拝された柿本人《かきのもとのひと》麻呂《まろ》の画像にもよく見られるもので、和歌をよんでいる時のスタイルと考えられます。

もうひとつ、この絵では建物が荒れ果てておらず、床板にもすきまは見られません。いかにも皇太后のお屋敷にふさわしく、美しく描かれています。原文の「あばらなる」という部分を多くの古注釈は、皇太后邸にふさわしく解釈しようとして、建具をとりはずしてがらんとした状態をいう語であると無理に解していますが、この絵はその解釈に従って描かれています。

語だったと思われるのです。

◆

姫君が手の届かない所に姿を隠した翌年、主人公は誰もいない西《にし》の対《たい》を訪ね、すきまだらけの床板の上にうつぶせになって泣き続けます。皇太后様のごりっぱなお屋敷の西の対がなぜ無人なのでしょうか。高貴な方のお屋敷なのに、なぜ床板がすきまだらけになったのでしょう。あえて不自然な設定をすることで、いつのまにか物語は歴史上の皇太后の邸宅から離れ、月に照らされた荒れ果てた廃屋で、変わらずに咲く梅の花を見ながら、かつてここにいた姫君を思って泣き続ける、虚構の世界の主人公を描き出しているのです。

◆

一年前と同じ場所なのに、どうしても同じとは思えない主人公。「月やあらぬ…」の一首は、『伊勢物語』の中でももっともよく知られた絶唱です。

四 関守（第五段）

昔、男ありけり。東《ひんがし》の五条《ごでう》わたりに、いと忍びて行きけり。みそかなる所なれば、門《かど》よりもえ入《い》らで、わらはべの踏みあけたるついひぢの崩れより通《かよ》ひけり。人しげくもあらねど、たび重《かさ》なりければ、あるじ聞きつけて、その通《かよ》ひ路《ぢ》に、夜《よ》ごとに人をすゑて守らせければ、いけどもえあはで帰りけり。さてよめる、

人しれぬわが通ひ路の関守《せきもり》はよひよひごとにうちも寝ななむ

とよめりければ、いといたう心やみけり。あるじ許してけり。

二条《にでう》の后《きさき》に忍びて参りけるを、世の聞こえありければ、兄《せうと》たちの守らせたまひけるとぞ。

❖現代語訳

むかし、男がいた。その男は、左京の五条のあたりに住む女性のところに、人目を忍んで通っていた。人目を忍ぶ所なので、門から入ることはできず、子どもたちが踏み広げた筑地塀《ついじべい》の崩れたところを通って通っていたのだった。人が頻繁に出入りするような屋敷ではなかったが、何度も繰り返し通ったために、屋敷の主人が聞きつけて、男が通い道にしている筑地塀の崩れたところに、毎晩番人を置いて見張らせたので、男は行っても女に逢うことができずに帰った。そこで男がよんだ歌、

誰にも知られずに通っている私の通い道の番人は、毎晩うたた寝をしてほしいものだ。そうすればそのすきに、彼女のところに行くことができるのに…。

とよんだところ、その歌を贈られて事情を知った相手の女性は、とても激しくその処置を恨んだ。そこで、屋敷の主人は男が通うのを許したのだった。

この話は実は、入内《じゅだい》前の二条《にじょう》の后《きさき》に主人公の男がこっそりと通っていたのを、世間の評判が心配なので、二条の后の兄たちが番人に見張らせたということだ。

筑地の崩れ乗り越え通う

前回と同じく、ここでも在原業平《ありわらのなりひら》を思わせる主人公が、左京の五条に住む女性のところに通っています。ひどく人目を忍んでいますから、恋の相手はやはり、後に二条《にじょう》の后《きさき》と呼ばれる藤原高子《たかいこ》だったかと思われもしますが、物語の本体部分では名前は明かされていません。そんな物語の末尾にたね明かしのような注記が付けられていて、そこには「二条の后」という実名がはっきりと記されています。このような注記は次回の第六段にも見られますが、この第五段の場合、注記は物語本体よりも後から加えられたと考えられます。

◆

「人しれぬ」の歌は『古今集』に在原業平の作として入れられていて、この段の文章もおそらく業平の作かと思われますが、業平は陽成《ようぜい》天皇の元慶《がんぎょう》四年（八八〇）に没しています。天皇の母である二条の后の名前を明示することは、大胆な業平でもさすがにできなかったことでしょう。

ところが、その陽成天皇は、業平の死後、元慶八年（八八四）の政変で退位させられ、二条の后も権力を奪われました。彼等はその後、権力から追放された人物として、このように名前を明示しても問題のない存在になったと考えられます。その時期になって、誰かの手で注記が

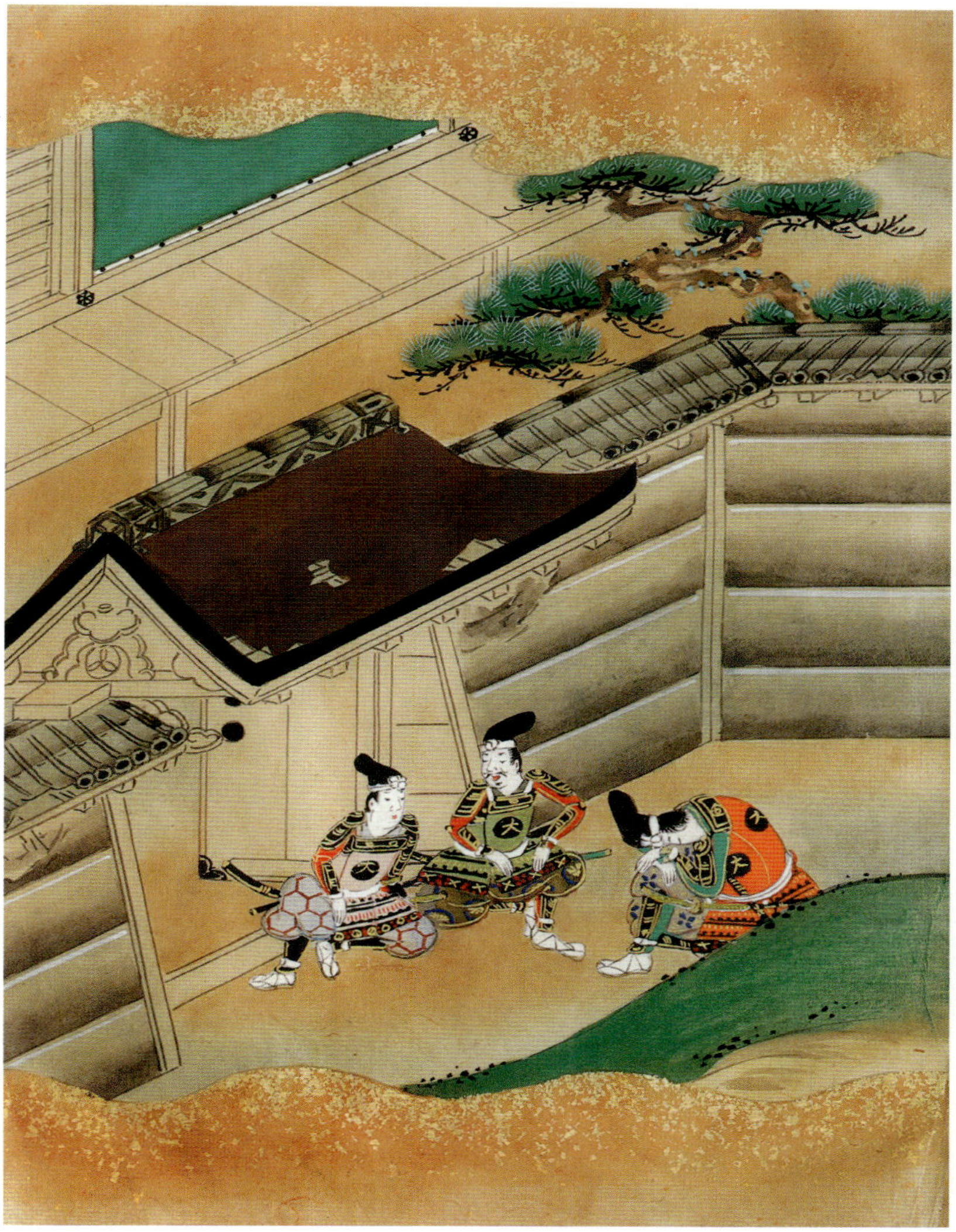

❖絵を読む

門の前に三人の番人。平安時代には考えられない、江戸時代風の武士の姿。これが、絵師が考えた番人の姿だったのでしょう。鎧《よろい》の胴《どう》に書かれた「大」の文字がユーモラスです。三人のうちの一人はうたた寝をしています。これは「うちも寝ななむ」という和歌の表現を絵画化したもの。一人だけ寝ても意味ないのですが…。この絵で注目されるのは、屋根や筑地のあちこちに損傷や崩れがあることです。筑地が崩れている衰えた屋敷だから屋根もはげているだろうと、絵師は考えたのでしょう。筑地塀には二箇所に崩れた穴があいていますが、この小さな穴から通うのは無理です。主人公が通った筑地の崩れは、どこか別の場所にあるということなのでしょうか。

付け加えられたのです。『伊勢物語』は十世紀後半まで増補改訂が続けられたことがわかっていますが、物語の末尾にこのような注記を加えて登場人物の名を明示することも、その増補改訂のひとつだったと考えられます。

◆

筑地塀《ついじべい》も修理できないこの屋敷は、経済力のない人のすみかという印象を与えます。前回の第四段と同じように、ここでも二条の后が住む屋敷とは思えない設定が、意図的におこなわれているのです。塀の崩れを利用して女性の所に通う話は中国にもあり、内容の一部も似通っています。この物語の本体部は本来、どこまでも虚構の物語だったと思われます。

そこに注記が加えられて、この物語の性格は大きく変わりました。無名の女性との恋を虚構的に描こうとする物語本体と、そのモデルとして歴史上実在の人物の名を明示する末尾の注記。フィクションか事実か、そのどちらともとれるところに『伊勢物語』のおもしろさも、微妙な味わいもあると言えるでしょう。

◆

ちなみに、「心やむ」という言葉は、強い恨みや怒りを表す場合に使われます。恋を邪魔されたこの女性は、ただ心の中で悲しんでいただけではなかったようで、その勢いに押されて主人は恋を許したのでした。

五　芥川（第六段）

昔、男ありけり。女のえ得《う》まじかりけるを、年を経《へ》てよばひわたりけるを、からうじて盗み出《い》でて、いと暗きに来《き》けり。芥川《あくたがは》といふ川を率《ゐ》ていきければ、草の上に置きたりける露《つゆ》を、「かれは何ぞ」となむ男に問ひける。行《ゆ》く先多く、夜《よ》もふけにければ、鬼あるところとも知らで、神さへいといみじう鳴り、雨もいたう降りければ、あばらなる倉に、女をば奥に押し入れて、男、弓胡籙《ゆみやなぐひ》を負《お》ひて戸口にをり。はや夜も明けなむと思ひつつゐたりけるに、鬼はや一口に食ひてけり。「あなや」と言ひけれど、神鳴《かみな》るさわぎに、え聞かざりけり。やうやう夜も明けゆくに、見れば率《ゐ》て来《こ》し女もなし。足ずりをして泣けどもかひなし。

白玉《しらたま》か何ぞと人の問ひし時つゆと答へて消えなましものを

これは、二条《にでう》の后《きさき》の、いとこの女御《にようご》の御《おほん》もとに仕《つか》うまつるやうにてゐたまへりけるを、かたちのいとめでたくおはしければ、盗みて負ひて出でたりけるを、御兄《おほんせうと》、堀河《ほりかは》の大臣《おとど》、太郎国経《くにつね》の大納言《だいなごん》、まだ下﨟《げらふ》にて内裏《うち》へ参りたまふに、いみじう泣く人あるを聞きつけて、とどめて取り返したまうてけり。それを、かく鬼とは言ふなりけり。まだいと若うて、后のただにおはしける時とや。

❖現代語訳

むかし、男がいた。結婚できそうもない女に長い間求愛し続けていたが、ある時やっとのことで女を屋敷から盗み出し、真っ暗な夜に逃げてきた。芥川《あくたがわ》という川のほとりを女とともに通ったところ、草の上に置いた露を見て、女は「あれは何」と男にたずねた。これからの道も遠く、夜もふけたので、鬼がいる所とも知らずに、雷までとてもはげしく鳴り、雨もひどく降ってきたので、すきまだらけの倉の奥に、女を押し入れ、男は武器を持って入り口を守っていた。早く夜があけてほしいと思っていたのだが、その間に鬼が一口に女を食い殺してしまった。女は「あれっ」と叫んだが、雷の音で聞こえなかったのだった。次第に夜が明けてきたが、見ると連れてきた女はいない。男はその場で足を投げ出して泣いたがどうしようもなかった。

あれは真珠ですか、何ですかとあの人が聞いた時に、露だよと答えて、その露のようにはかなく私も死んでしまえばよかった。そうすればこんなに悲しまずにすんだのに。

この話は実は、二条《にじょう》の后《きさき》が、宮中で、いとこの女御《にょうご》、藤原明子《あきらけいこ》のところに、お仕えするような形でいらっしゃったのだが、とても美しい方だったので、主人公の男がそこから盗み出し、背負って部屋から連れ出したのを、后の兄で後に堀河の大臣と呼ばれた藤原基経《もとつね》と、長男で後に大納言になった国経《くにつね》が、まだ低い身分で内裏《だいり》に参内《さんだい》された時に、ひどく泣いている人の声を聞きつけて、引きとどめて妹を取り返された。それを、このように鬼と言っているのである。二条の后がとても若くて、まだ入内《じゅだい》されていない時のことだとか。

象徴的な恋の逃避行

四の第五段の末尾には実名を暴露する注記が付けられていましたが、この第六段では、その注記がとても長くなっています。また、物語本体と注記の内容の違いも一層大きくなっていま

❖絵を読む

芥川のほとりを女性を背負って歩く主人公。川のほとりを逃げてゆく構図は、前半の物語の絵画化ですが、二人の服装、そして女性を背負って行く姿は、後半の注記にから持ち込まれた要素です。前半の物語と後半の注記の双方が、ここでは重ねて描かれていて、不思議な情景を作り出しています。

草むらや川べりの柳の木に、黒い斑点が数多く見えますが、これは銀の絵の具が時の経過によって酸化したものです。もとの画面では、銀色の斑点が文字通り点々と画面をいろどっていました。もうおわかりでしょう。これは月の光を受けて輝いている、無数の露。それを見ながら「あれは何」と女性がたずね、主人公もその方向に視線をむけた、その瞬間を、この絵はとらえています。

男が女を背負って川べりを逃げるこの絵は、『伊勢物語』以外の世界でも模倣され、さまざまな恋の逃避行をあらわす象徴的な構図として広く使われました。

す。芥川《あくたがわ》は、現在の大阪府高槻市を流れる川で、平安時代の和歌にもしばしばよまれていますが、京の都からはかなり離れています。後半の注記は、そんな矛盾を承知の上で、前半の物語を、実はこうだったのだと解釈して、身近な実在の人物の事件へと読み替えているのです。その解釈によってはじめて、この話は在原業平《ありわらのなりひら》をモデルとする物語へと姿を変えます。後半の注記は、この場合、はじめから前半の物語と組み合わされて『伊勢物語』の章段を構成していたと考えられます。

❖

この大胆な組み合わせによって作り出された不思議なダブルイメージの世界を、まず味わってみてください。それなりの身分を持った貴族の主人公が、高嶺の花だった高貴な女性を連れて、芥川の夜の川べりを二人だけで逃げて行くなど、現実にはとても考えられません。ましてその姫君が鬼に食われてしまうとは…。

❖

前半の物語は、二条の后とはまるで無縁の、芥川周辺のローカルな伝説のように見えますが、盗み出された女性は、露を見て、「あれは何なの？」と男に尋ねています。草の露を見たこともない深窓の姫君だったという設定でしょう。姫君のこの質問は、物語部分の最後で男がよむ歌を導く伏線にもなっていて重要です。

六 帰る波（第七段）

昔、男ありけり。京にありわびてあづまに行きけるに、伊勢、尾張のあはひの海づらをゆくに、波のいと白くたつを見て、

　いとどしく過ぎゆくかたの恋しきにうらやましくも帰る波かな

となむよめりける。

❖現代語訳

むかし、男がいた。京の都に住みづらくなって東国に向かったのだが、伊勢の国と尾張の国のあいだの国境の海岸を進んでいた時に、海の波がとても白く立っているのを見て、

　またひとつ国境をこえるので、過ぎ去って行く都の方向がますます恋しく思われるのだが、なんとうらやましいことに、波は寄せたかと思うと、すぐに帰ってゆくことだ。

という歌をよんだのだった。

京に住めなかった主人公

とても短い段ですが、よく知られている「東下り」の最初の章段です。主人公がなぜ都に住みづらくなったのか、その理由はどこにも述べられていませんが、この段の直前に並んでいる、三～五で見た第四～六段が、後に二条《にじょう》の后《きさき》になる藤原高子《たかいこ》と主人公の許されない恋を語っていることを考えると、この恋の破局が、主人公を旅へと追いやったきっかけだったように思えてきます。この段にはただ「京にありわびて」とだけ書かれていますが、七の第八段、八の第九段には、主人公が京を離れた理由が、もう少しくわしく書かれていますので、そこでまた考えることにしましょう。

　この当時、二で見た第八十三段の惟喬親王《これたかしんのう》のように宗教的理由から世間を離れる出家者や世捨て人はいましたが、『伊勢物語』の主人公は、出家もしていないのに、まして流罪になったわけでもないのに、ただ都に住みづらくなったというだけで、自分から都の暮らしを捨てて、遠い東国をめざして旅立ちます。単なる失恋だけではない、都の人々に対する強い違和感が、その心の底に感じられます。このような主人公のふるまいは、後の時代の多くの人々の共感を呼び、無用者、反逆者、アウトサイダーなど、さまざまに解釈されながら人々の心を引き付けてきました。

◆

けれども一方で、主人公は都を思う気持ちを断ち切ることができません。伊勢の国（現在の三重県）から尾張の国（現在の愛知県）へと、国境を越えて都がまた遠ざかってしまう、それだけのことで、耐えがたい気持がわき起こってくるのです。

◆

主人公は、東海道のルートを通って東国へと向かっています。当時の東海道は、現在の滋賀県草津市のあたりで東山道と分かれ、鈴鹿峠を越えて伊賀の国（現在の三重県）に入り、そこから伊勢の国（同）の海岸に出て、以後はほぼ海岸沿いに東へ進みました。現在の国道1号線は、おおむねそのルートを通っています。そんなわけで、彼はいま「伊勢、尾張のあはひの海づら」を越え、尾張の国に入ろうとしているのです。

❖絵を読む

伊勢の海の岸辺で、松の木の下に座り、岸に寄せてはまた沖へと帰ってゆく白い波を見ながら、ややうつむいて右手を頬にあて、物思いにふける主人公。これから尾張へと国境を越えて、波と違って二度と帰ることもなく、いっそう都から遠ざかってしまう…。その悲しみをかみしめながら、彼はいままさに和歌を口ずさんでいるのでしょう。

そばにはお供が控えています。どんな時でも、そう、たとえ東下りのような、帰るつもりのない旅路でも、貴族たちにはかならず従者が付き従っていました。

主人公が着ている狩衣の、朱色の地色と、梅の花をあしらった梅鉢文のような大きな刺繍の文様。そして下半身の、薄茶色地に文様が入った、現在のズボン（あるいは袴）にあたる指貫《さしぬき》。もうすっかり見慣れたことと思いますが、この絵入本の絵師は、ほとんどの段の主人公の衣服をこの同じ形に統一しています。

東下りの道すじ

七 浅間山（第八段）

昔、男ありけり。京やすみ憂《う》かりけむ、あづまの方にゆきてすみ所もとむとて、友とする人ひとりふたりしてゆきけり。信濃の国、浅間の嶽《たけ》に煙《けぶり》の立つを見て、

信濃なる浅間のたけに立つ煙をちこち人の見やはとがめぬ

❖現代語訳

むかし、男がいた。京の都が住みづらかったのだろうか、東国の方に行って住む場所をさがそうと思って、友人一人、二人といっしょに旅に出た。信濃の国の浅間山に煙が立ちのぼるのを見て、主人公は次のような歌をよんだ。

信濃の国の浅間山に立ちのぼっている煙よ、そんなに激しく（恋の煙を）立ち上げると、あちらこちらの人たちが、その姿に注目してしまうのではないか。

友―孤独な旅の同行者

六の第七段では、主人公は東海道のルートを通って東国に向かっていました。ところが、この段では、主人公は信濃の国（現在の長野県）の浅間山を見て歌をよんでいます。信濃を通るのは東山道のルートで、東海道からは浅間山は見えません。『伊勢物語』のそれぞれの段は、お互いにゆるやかに関わり合っているところもありますが、本来ひとつひとつ別々に作られた、別々の世界です。前の第七段と次の第九段では主人公は東海道を進んでいますが、この段の作者は、おそらく意図的に東山道に舞台を設定したと考えられるのです。読者は、それぞれの段をそれぞれに楽しめばよいでしょう。

◆

この段では、「東下り」の動機が、前段よりも少し詳しく述べられています。この旅は単なる旅行ではなく、都を捨ててはるかに遠い東国に「すみ所」を探し、そこに住みつこうとする、移住を目的としたものでした。そして驚くべきことに、そんな主人公の旅に、友だちが一人二人同行しているのです。はぐれ者の主人公を、けっして見捨てない友だち。前に見た一の第八十二段や二の第八十三段で、主人公たちが、天皇になれない惟喬親王《これたかしんのう》を見捨てなかったのと同じ、男どうしの、現実にはあり得ないほどの深い交流を、『伊勢物語』はここでも描きだしています。

◆

浅間山は当時活火山でしたが、平安時代には、この浅間山と並んでもうひとつ、あの富士山もさかんに噴火をくり返していました。大きな厄災をもたらす火山は神の山として崇拝され、噴火が起こると朝廷は地方の国司に命じ、ひたすらその神に祈らせて静まるのを待ちました。一方、和歌の世界では、「火」の山である富士山と浅間山は、「思ひ」の「ひ」と「火」が同音だったことから、掛詞によって恋の山とされ、多くの恋の歌によまれました。この段の歌も、たんに噴煙を噴き上げる浅間山の風景をよんだだけではなく、その光景を、激しい恋の「思ひ（火）」を隠しきれず人目にさらしている人間の姿に喩えて、そんな状態だとみんなに注目されてしまうよと注意した一首だと思われます。京の都では見られない奇異な光景を、あえて人間に喩え、そんなことをすべきではないと、たわむれて批判していると思われるのです

❖絵を読む

馬に乗ったまま浅間山の噴煙をながめる主人公。お供の従者たちは徒歩でつき従っていますが、三人のうち前方の、主人の刀を持っている一人は童《わらわ》です。当時は、まだ元服《げんぷく》や裳着《もぎ》をすませていない少年少女が、いろいろな雑用のために使われていました。この童は髪をのばしてうしろで束ね、烏帽子《えぼし》もかぶっていません。大人たちの姿と見比べてください。

後方の、白い狩衣の男が持っているのは傘袋でしょう。二の第八十三段の絵にあったように、必要なときは袋をはずして、従者が後ろからさしかけます。

ここには、馬に乗った友だちも同行しているはずですが、なぜかこの絵には描かれていません。

青い水の流れのむこうに、浅間山が描かれています。一箇所でなく、山のあちこちから噴煙が上がっている、まるで山火事のような不思議な姿に驚かされますが、噴火する浅間山の姿は古い時代から、しばしばこのようにも描かれてきました。

❖豆知識

嵯峨本伊勢物語

手書きの写本しかなかった『伊勢物語』がはじめて印刷されたのは、一六〇八年（慶長十三）のこと。キリシタン宣教師の活字印刷をまねて木製の活字を使い、雲母《きら》を引いた色変わりの紙を使って挿絵も入れたその豪華本は、「嵯峨本」と呼ばれています。「嵯峨本」は、保津川や高瀬川の水運開発で財をなした角倉了以《すみのくらりょうい》の子で嵯峨に隠棲した角倉素庵《そあん》によって企画されたと考えられています。その挿絵はすぐれたできばえで、その後しばらくのあいだ、『伊勢物語』の絵入りの印刷本（版本）や写本の絵のほとんどは、この本の絵を模倣し続けます。この『絵で読む伊勢物語』で鑑賞している鉄心斎文庫蔵「絵入り伊勢物語」の絵もその一例ですが、絵師の工夫によってさまざまな変化が加えられています。どこが変わっているか、見くらべてください。

『伊勢物語』嵯峨本慶長十三年刊
（国立公文書館蔵）

八　八橋《やつはし》（第九段・その一）

昔、男ありけり。その男、身を要《えう》なきものに思ひなして、京にはあらじ、あづまの方に住むべき国もとめにとてゆきけり。もとより友とする人、ひとりふたりしていきけり。道知れる人もなくて、まどひいきけり。三河の国八橋《やつはし》といふ所にいたりぬ。そこを八橋と言ひけるは、水ゆく河のくもでなれば、橋を八つ渡せるによりてなむ、八橋と言ひける。その沢《さは》のほとりの木のかげにおりゐて、乾飯《かれいひ》食ひけり。その沢にかきつばた、いとおもしろく咲きたり。それを見て、ある人のいはく、「かきつばた、といふ五文字《いつもじ》を句のかみにすゑて、旅の心をよめ」と言ひければ、よめる、

から衣きつつなれにしつましあればはるばるきぬる旅をしぞ思ふ

とよめりければ、みな人、乾飯の上に涙おとしてほとびにけり。

❖現代語訳

昔、男がいた。その男は、自分を、誰の役にも立たない人間だと思いこんで、京の都には住むまい、東国の方に住むのにふさわしい国を探しに行こうと思って、旅立った。昔から友人だった人、一人二人といっしょに行った。道を知っている人もなく、迷いながら行ったのだった。三河の国の八橋という所に着いた。そこを八橋と言ったのは、水流が蜘《く》蛛《も》の手のように四方八方に流れていて、橋を八つ渡してあるので、八橋と言ったのである。その沢のほとりの木の陰に馬から下りて座り、一行は乾飯《かれいい》を食べた。その沢にかきつばたが、とても美しく咲いていた。それを見て、一行の一人が言うことには、「『か・き・つ・ば・た』という五文字をそれぞれの句の冒頭に置いて、旅の気持をよめ」と言ったので、よんだ歌、

から衣は着続けていると糊《のり》が取れて「なれ」てくるが、同じように「なれ」、つまり馴《な》れ親しんだ妻が京にいるので、はるばる遠くまでやってきた旅が、しみじみと悲しく思われることだ。

とよんだところ、一行はみな泣いて乾飯の上に涙を落とし、その結果、湯も水も使わずに乾飯がやわらかくなったのであった。

泣き笑い、涙でふやけた乾飯《かれいい》

東下りの三段目、第九段は、とても長い章段で、四つの場面が連続しています。今回はまず八橋。主人公は三河の国（現在の愛知県東部）まで来て、水流が入り組んで流れる湿地帯の八橋で馬を下り、食事をとります。その食事は、ご飯を乾かして携帯用食料にした乾飯。湯や水にひたし、やわらかくして食べました。その横の湿地に、かきつばたが美しく咲いているのを見て、友人の一人が主人公に歌を所望します。その条件は、「か・き・つ・ば・た」という五文字を歌の五句の冒頭に置く「折句《おりく》」と呼ばれる技巧をこなし、旅の気持をよめというもの。ともに旅を続けている友人からの、親しみをこめた要望でした。主人公は、みごとにその条件にかなった歌をよみます。しかもその歌には、「なれ」「褄《つま》（袖口）」「張る（洗い張りをする）」などといった「から衣」にかかわる言葉が、「馴れ」「妻」「はるばる」などの意味の裏に隠されて配されています。複雑な技巧をこなしながら、しかも人の心を打つ名作として知られた一首は、

❖絵を読む

沢のほとりで食事をする一行。服装から見て中央が主人公ですが、向かって右側の豪華な衣装の人物は誰でしょう。この服装、見覚えがありませんか。そう、[二一]（第八十二段）に登場した惟喬親王《これたかしんのう》が、なぜかここにも登場しています。絵師の勘違いでしょう。本当はここに主人公が座るはずでした。

画面上部には、美しく咲くかきつばたと縦横に渡された橋が描かれています。この光景はこの場面の象徴として、やがてそれだけで描かれるようになります。尾形光琳の国宝「燕子花《かきつばた》図」（根津美術館）はかきつばただけを描き、同じ作者の「八橋図屛風」（ニューヨーク・メトロポリタン美術館）は橋を加えています。光琳はまた「八橋蒔絵《まきえ》螺鈿《らでん》硯箱《すずりばこ》」（国宝、東京国立博物館）も作りました。京都を代表するお菓子「八ツ橋」は箏《こと》の形を模したともされますが、その名前からも、この段の橋の形をまねたとも言われています。

こうして生まれたのでした。

◆

京に残してきた妻を思い、遠く離れてしまった道のりを嘆く思いは、ともに旅をする一行全員に共通する思いでした。その気持をみごとに表現した歌を聞いて、彼等はみな、涙を流して泣いてしまいます。そして読者もまた、彼等と共に涙を誘われます。ここは、読むものの気持を深い悲しみに誘う、泣かせどころのクライマックスです。

◆

ところが、物語は、意外な内容でこの場面をしめくくります。彼等が流したはげしい涙が乾飯にかかり、そのために、湯も水も使わずに乾飯がふやけて、食べられる状態になったというのです。もちろんこれは、現実にはありえない大げさな誇張、読者を笑わせようとするたわむれです。観客を泣かせながら笑わせる、そんな芸のできる名人が現代にもまれにいます。『伊勢物語』もまた、読者の泣き笑いを誘う、そんな名人芸を持っていたのでした。笑いを通して、一行の悲しみに共感する読者の思いはますます深まるのです。

九　宇津の山（第九段・その二）

ゆきゆきて駿河の国にいたりぬ。宇津《うつ》の山にいたりて、わが入《い》らむとする道はいと暗う細きに、つたかへでは茂り、もの心細く、すずろなるめを見ることと思ふに、修《す》行者《ぎやうざ》あひたり。「かかる道は、いかでかいまする」と言ふを見れば、見し人なりけり。京に、その人の御《おほむ》もとにとて、文《ふみ》書きてつく。

駿河なるうつの山辺のうつつにも夢にも人にあはぬなりけり

❖現代語訳

一行は、さらに進んで駿河の国に着いた。宇津の山にやってきて、これから自分が入ってゆこうとする道はとても暗くて細く、つたやかえでが茂っていて、予想もしなかったつらい目にあうことだと思っていたところ、偶然に、修行の旅をしている僧と出会った。「こんなわびしい道に、どうしてあなた様がいらっしゃるのですか」と僧が言うのでよく見ると、顔見知りの人であった。京に、あの方の所に届けてほしいと言って、手紙を書いてことづけた。その手紙の歌、

駿河の国の宇津の山まで来ましたが、そのうつの山ではなくうつつに、つまり現実にあなたと逢えないのはしかたがないとして、夢の中でさえ逢《あ》えないことが悲しい。あなたはもう、私を思っていないのでしょうか。

夢でも逢えない心の距離

第九段の第二の場面は、駿河の国（現在の静岡県中央部）の宇津の山。後に宇津《うつ》ノ谷《や》峠と呼ばれ、江戸時代には新しい道も作られましたが、明治九年に最初のトンネルができるまで東海道の難所だった所です。山の中に分け入る細い峠道を見て暗い気持ちになっている主人公たちの前に、突然、修行の旅を続けている僧が現れます。主人公は気付かずにいましたが、僧の方は主人公を見知っていて、都の貴族がこんな山道に入ろうとしていることに驚きます。そこで主人公は、都の女性にあてた手紙を、都の方に向かう僧にことづけたのです。

◆

「その人の御もと」とは、いったい誰をさしているのか、物語にははっきり書かれていませんが、「御もと」と敬語が使われていて、身分の高い女性とわかります。読者は当然、前に見た第四〜六段の恋の相手、後に二条《にじよう》の后《きさき》になる藤原高子《たかいこ》を思い浮かべることになります。主人公はまだ彼女を忘れられずにいるのか。読者がそう思うことを予想して、この部分は書かれていると考えてよいでしょう。

◆

僧に託した手紙の歌で主人公は、「うつつ」つまり現実に相手の女性と逢えないだけでなく、夢でも逢えないことを嘆いています。古くから日本人は歌の中で、恋の気持をさまざまな形で夢に託してきました。現実には逢えない人でも、夢の中なら逢うことができます。自分が相手のことを激しく思いながら寝ると相手を夢に見る、これは現代人でも考えることですが、逆に、相手が思ってくれているから相手の姿がこちらの夢に現れるのだという考えも、『万葉集』の時代以来、多くの歌に用いられています。

◆

この場合、夢で逢えないということは、相手

がこちらを思っていないということを意味します。あなたはもう私のことを忘れたのではありませんか、だから夢で逢うこともできないのですね、私はせめて夢の中でだけでもあなたと逢いたいと思っているのに…。この歌は、そう言って、相手との心の距離の遠さを嘆いているのです。

❖絵を読む

宇津の山の峠道で修行僧に手紙を託す主人公。後ろには供人と従者の童。修行僧は笈《おい》を背負い、頭巾《ずきん》をかぶった上に笠を着けています。

この宇津の山の場面も、八の八橋と同じように、江戸時代、俵屋宗達や尾形光琳一派の絵師たちに好まれ、宗達の「蔦《つた》の細道図屏風」（重要文化財・相国寺）のように、時には人物を省略して生い茂る蔦と楓《かえで》だけが描かれました。それもあってこの道は「蔦の細道」と呼ばれ、今も昔の姿に整備されて観光スポットとなっています。

前後の場面から考えて季節は夏のはずで、だから「つたかへでは茂り」と書かれているのですが、江戸時代になると、紅葉が美しい蔦と楓のイメージから、この場面は秋の季節に描かれることが多くなります。この絵でも道の横や木の枝に紅葉した蔦が赤く描かれ、上部の木の奥にはわずかに楓の紅葉らしいものも見えています。

現在の宇津ノ谷峠
（写真提供　（公財）静岡観光コンベンション協会）

一〇 富士山（第九段・その三）

富士の山を見れば、五月《さつき》のつごもりに、雪いと白うふれり。

時知らぬ山は富士の嶺《ね》いつとてか鹿《か》の子《こ》まだらに雪の降るらむ

その山は、ここにたとへば、比叡《ひえ》の山を二十《はたち》ばかり重ねあげたらむほどして、なりは塩尻《しほじり》のやうになむありける。

❖現代語訳

富士の山を見ると、五月の末の真夏だというのに、雪がとても白く降り積もっている。それをみてよんだ歌、

季節をわきまえない山だ、富士山は。今をいつだと思って、鹿《か》の子《こ》まだらに雪が降り積もっているのだろうか。

その山は、ここ都で何かに喩《たと》えるとすれば、比叡山を二十ほど重ねたほどの高さで、形は塩尻《しおじり》のようだったのである。

時知らぬ山―富士の雪

第九段の第三の場面は、富士山です。富士山は『万葉集』でも歌によまれていますが、平安時代になっても、日本で一番高い山として知られていました。『竹取物語』の末尾で、月の世界に帰ったかぐや姫を忘れられない帝は、姫から贈られた歌と不死の薬に、自分の返事の歌をそえて、天に一番近い場所である富士の山頂で燃やすよう命じ、煙を空に上らせてかぐや姫への最後のメッセージとしたのでした。

平安時代の富士山はまた、七（第八段）の浅間山と並んで、しばしば噴火をくりかえす活火山でした。当時、火山の噴火は神の怒りとして恐れられ、噴火のたびごとに、朝廷は地方の役人に命じて神に祈らせ、静まるのを待ちました。富士山は、神の山だったのです。

そんな富士山を、主人公は「時知らぬ山」と言います。平安時代の貴族たちは、季節の移り変わりを大切にして暮らしていました。季節にあわせてさまざまな年中行事がおこなわれ、それらを順調に行うことが、宮廷政治の、そして宮廷文化の大切な要素だったのです。「時知らぬ山」とは、そんな大事な季節をわきまえない、少しおおげさに言えば、教養のない野蛮な山という意味の言葉です。崇拝しなければならない神の山、古来有名な富士山を、主人公は、ユーモラスに、そして大胆に、都の文化を知らない田舎者の山だ、今をいつだと思って雪を積もらせているのだ、と批判しているのです。

歌の後で、『伊勢物語』の語り手は、富士山について注釈を加えています。彼はまず富士山の高さについて、「ここ」で言えば、比叡山の二十倍ぐらいだと言います。「ここ」とは京の都。『伊勢物語』は、たとえ東下りを語っている時でも、都にいる語り手が、都の人相手に語っている物語だったのです。二十倍は大げさですが、都では想像も出来ない富士山の高さを、語り手はこのように言い表しているのでしょう。

その富士山の形を、語り手は「塩尻《しおじり》」のようだと言います。この「塩尻」がいったい何なのか、今ではまったくわかりません。海水から塩を作る時の何かの形かとも言われますが、証拠はありません。富士山のような形をしたものだったことは確かですが…。みなさんは、いったい何だと思いますか。

❖絵を読む

川なのか海なのか、広い水面を隔てて富士山を見上げる主人公と従者たち。ここでも七（第八段）と同じように主人公だけが馬に乗り、従者たちはみな徒歩で、友人たちの姿も描かれていません。

富士山はさまざまな形に描かれますが、江戸時代の絵に多いのは、三ッ山（三ッ峰）とも呼ばれる、三つの山頂が寄り添って合体したような形です。この絵もその変形と言えますが、左右の嶺が目立たなくなって、鋭くとがった山容になっています。

それにしてもこの絵の主人公と従者は、全員が同じように富士山の方を見上げています。はじめての光景に、言葉を失って見とれているようで、本文の歌の雰囲気とは違います。「時知らぬ」を「季節を超越した」という意味に解して主人公が富士山をほめたたえているとする、当時有力だった解釈をふまえて、この絵は描かれているのでしょう。

❖豆知識　伊勢物語絵巻

『伊勢物語』は古くから絵巻物の形でも鑑賞されてきました。

参考に掲げた絵巻では、横長のひとつの画面に、宇津の山の場面と富士山の場面があわせて描かれ、主人公が二度登場しています。右上の蔦《つた》と、その下の人物は、風景とくらべ巨大で、素朴な表現に古い時代の趣が感じられます。

左上の富士山は典型的な三ッ山型ですが、よく見て下さい。山頂に煙が…。

この場面の富士山が噴火しているのは珍しく、絵師の誤りかとも思われます。

伊勢物語絵巻（鉄心斎文庫蔵・16世紀後半）

一二　隅田川（第九段・その四）

なほゆきゆきて、武蔵《むさし》の国と下《しも》つ総《ふさ》の国との中に、いと大きなる河あり。それを隅《すみ》田川《だがわ》と言ふ。その河のほとりにむれゐて、思ひやればかぎりなく遠くも来《き》にけるかなとわびあへるに、渡し守《もり》、「はや舟に乗れ、日も暮れぬ」と言ふに、乗りて渡らむとするに、みな人ものわびしくて、京に思ふ人なきにしもあらず。さるをりしも、白き鳥の、はしとあしと赤き、鴫《しぎ》の大きさなる、水の上に遊びつつ魚《いを》を食《く》ふ。京には見えぬ鳥なれば、みな人見知らず。渡し守に問ひければ、「これなむ都鳥《みやこどり》」と言ふを聞きて、

名にし負《お》はばいざ言問《こと と》はむ都鳥わが思ふ人はありやなしやと

とよめりければ、舟こぞりて泣きにけり。

❖現代語訳

さらに旅を続けてゆくと、武蔵《むさし》の国と下総《しもうさ》の国との中に、とても大きな河がある。その名を隅田川と言う。その河のほとりに集まって座り、考えてみると限りなく遠くまで来たことだなあと言って嘆き合っていると、渡し舟の船頭が、「早く舟に乗れ。日が暮れてしまう」と言うので、舟に乗って渡ろうとするが、一行はみな何となく悲しい気持で、京の都に大事に思う人がいないわけではないことを思い出している。ちょうどそんな時、白い鳥でくちばしと足だけが赤い、鴫《しぎ》の大きさの鳥が、水の上に遊びながら魚を食べていた。京の都では見られない鳥なので、一行は誰も見知っていない。船頭にたずねると、「これが都鳥《みやこどり》だ」と言うのを聞いて、

「みやこ」という名を持っているのなら、さあおまえにたずねよう、都鳥よ。私が大切に思っているあの人は、今も無事でいるかどうかと。

とよんだところ、舟に乗っていた一行は、全員泣いてしまったのだった。

水鳥の名に思う京の都と人

第九段の最後の場面、隅田川《すみだがわ》です。東京の下町を流れる今の隅田川は、昔とは流れる場所が変わっていて、武蔵《むさし》の国（現在の東京都・埼玉県）と下総《しもうさ》の国（千葉県北部と茨城県）の境界でもありませんが、古くから『伊勢物語』に登場する名所として人々に愛され、江戸時代には「業平橋」、近代には「言問橋《こととい ばし》」という、『伊勢物語』にちなんだ名前の橋もかけられました。

◆

平安時代の隅田川は国境《くにざかい》の河。しかもとても大きな河でした。六（第七段）と同じように、ここでも主人公たちは、この国境を越えて、都からますます遠ざかってしまうことを悲しんでいるのです。平安時代にはもちろんここに橋はなく、人々は渡し舟で対岸に渡りました。その舟の船頭は、一行の悲しみも知らず、早く舟に乗るように催促します。もう日が暮れかかっているのです。

◆

しかたなく舟に乗りながら、ここでも主人公たちは、京の都に残してきた大切な人のことを思い出しています。「京に思ふ人なきにしもあらず」（京の都に大事に思う人がいないわけでは

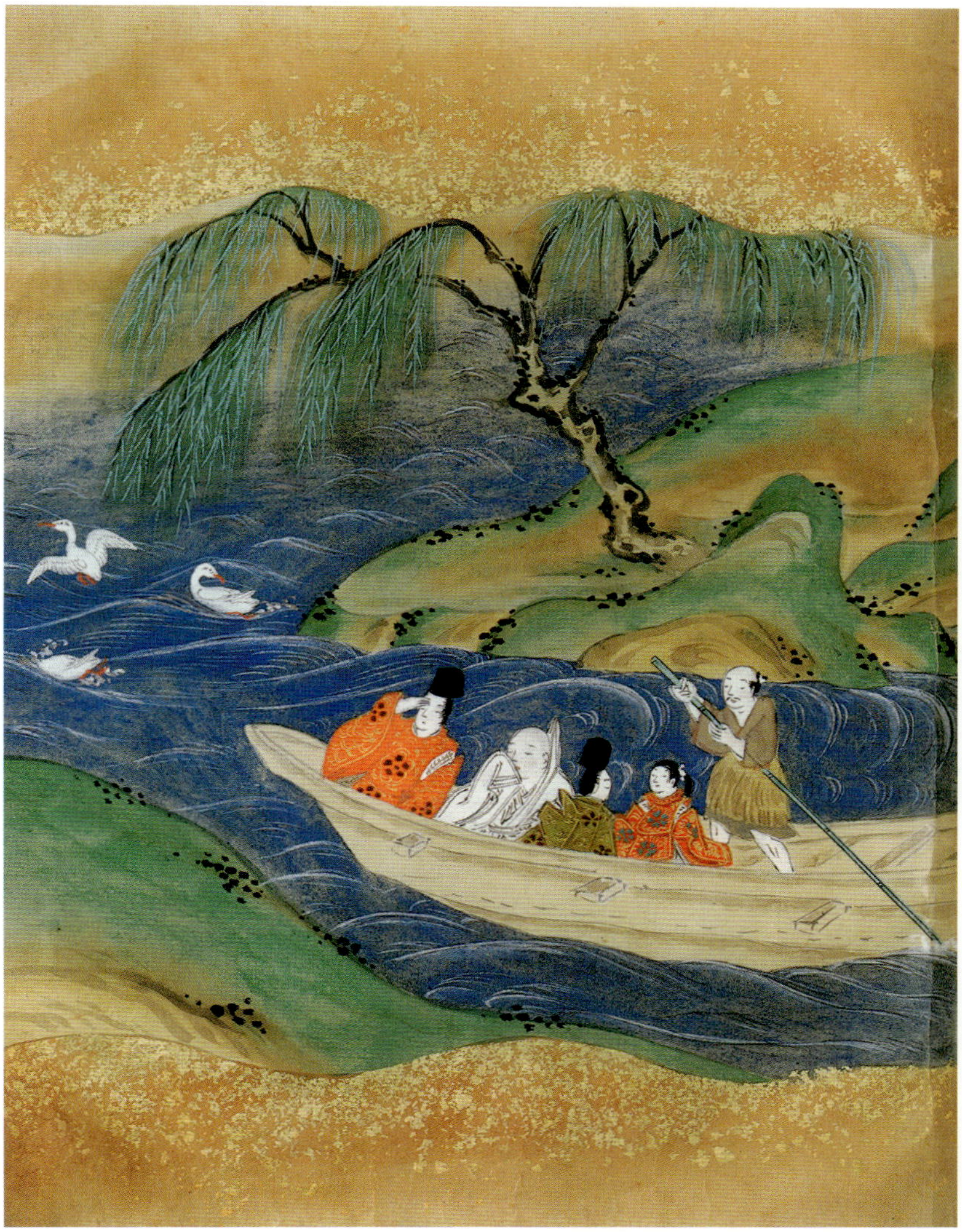

❖絵を読む

画面左端に三羽の都鳥が描かれています。その中の一羽は水中に首をつっこんで魚を食べている様子。「水の上に遊びつつ魚を食ふ」と書かれた本文そのままの情景です。

手をかざしながらそれを見て、歌をよみかける主人公。その後ろに、白い僧服を着た僧侶がいて、主人公の歌を聞いて泣いています。この僧侶は誰でしょう。なぜ一行の中に僧侶がいるのでしょう。

実はこの絵は、鎌倉時代に書かれた『伊勢物語』の古い注釈書に従っています。それらの古い注釈書には、『伊勢物語』の登場人物の実名が、何の根拠もなく勝手に記されていました。それによると、一行には僧が一人加わっていたことになっています。この種の注釈は、後の時代には信用されなくなりましたが、この絵には、その根跡がまだ残されているのです。

ない)という微妙な表現は、揺れ動く一行の心をみごとにあらわしています。

◆

川に浮かんでいる、京の都では見たことのない水鳥、その名を聞かれた船頭は「都鳥」と答えます。それは、都のことが忘れられない一行にとって、心に深くひびく名前でした。都鳥は『万葉集』の歌にもよまれていますが、今のユリカモメだとする説が有力です。ユリカモメは、近年になって京都の鴨川にも多数飛来するようになりました。だとすれば、もう「京には見えぬ鳥」ではなくなったということになります。

◆

主人公の歌の最後の「ありやなしや」は、はっきり訳せば、生きているかどうかという意味になります。大切な人の安否もまったくわからないまま、一行は大きな河を越えて、武蔵の国から下総の国に入り、ますます都から遠ざかってゆくのでした。

十二 武蔵野（第十二段）

昔、男ありけり。人のむすめを盗みて、武蔵野へ率《ゐ》てゆくほどに、ぬすびとなりければ、国の守《かみ》にからめられにけり。女をば草むらの中に置きて、逃げにけり。道来《みちく》る人、「この野はぬすびとあなり」とて、火つけむとす。女わびて、

武蔵野は今日《けふ》はな焼きそ若草のつまもこもれり我もこもれり

とよみけるを聞きて、女をばとりて、ともに率ていにけり。

❖現代語訳

昔、男がいた。人の家の娘を盗んで、武蔵野に連れ出した時に、盗人《ぬすびと》ということで、国司に逮捕されてしまったのだった。そうなる前に、男は、女を草むらの中に置いて逃げてしまった。道を行き来する人が、「この野には盗人がいるらしい」と言って、火をつけようとする。それを見た女は困ってしまって、

武蔵野は今日は火を付けないでください。夫も隠れているし、この私も隠れているのですから。

と歌をよんだので、役人たちはその声を聞いて、女を捕らえ、別に捕らえていた男といっしょにつれて行ったのだった。

現実にはあり得ない「盗人」

東下りの段に続く、武蔵《むさし》の国（現在の東京都・埼玉県など）でのできごとを語る章段のひとつ。娘を盗む話は五（第六段・芥川《あくたがわ》）にもありましたが、ここは舞台が武蔵の国。人の家の娘を連れ出した男は、娘を親から盗んだのだから「盗人」である、という理屈で、国司（武蔵《むさしの》守《かみ》）に追われ、逮捕されます。盗賊の取り締まりは、地方官の重要な任務でした。

ここに、この段の「しかけ」があります。当時の国司は、治安を守り、農業生産を盛んにして、実った作物を税として順調に都に運ぶことが任務でした。男女の駆け落ちなど、国司がわざわざ取り締まるはずはありません。これは、「盗人」という言葉をうまく利用して作り出された、現実にはあり得ないお話しなのです。

しかも、そのうわさを聞いた人たちは、「この野には盗人がいるらしい」と言って火をつけ、盗人を焼き殺そうとします。村を襲い収穫を奪ったりする盗賊は、人々の恐怖の対象でした。ここでもまた、「盗人」という言葉が二重の意味に使われ、主人公たちを追いつめていきます。

この段の文章にはわかりにくいところがありますが、一般的な理解では、こわくなった男は娘を草むらに置き去りにしたまま逃げて結局捕まり、置き去りにされた娘は男もまだ草むらにいると思って「つまもこもれり我もこもれり」という歌をよみ、そのために居場所がわかって捕まったということになります。都から来た貴族の主人公は、このけなげな東国の娘のことを、結局その程度にしか思っていなかったのでした。ちなみに、古い時代には夫婦のどちらか

らも相手のことを「つま」と言いました。

駆け落ちを国司が取り締まるという、「盗人」という言葉のあそびから作り出された、現実にはあり得ない設定の話ですが、それが不思議なリアリティーをもって読者の心をとらえるところに『伊勢物語』の魅力があると言えるでしょう。

❖絵を読む

ここでは武蔵野は、人物より大きく描かれた美しい秋草の花で表されています。その草に隠れている二人。主人公はいま、豪華な衣服を着た娘を慰めるかのように、やさしく手をのばしています。画面の右下には、必死で「盗人」を追っている役人たちの姿。上部と下部のアンバランスが、ここでも不思議な世界を作り出しています。

本文によれば、本当は、主人公はこの娘を置き去りにして一人で逃げようとしたはずです。ところが絵の世界では、二人は、寄り添って追っ手から身を隠しています。ここでは、あきらかにストーリーが変えられています。絵に描かれることによって、もうひとつ別の『伊勢物語』が生み出されているのです。それは読者の願望によって生まれたものなのか、それとも娘がよんだ「つまもこもれり我もこもれり」という歌の世界がそのまま絵画化されているのか。皆さんはどう思いますか。

『伊勢物語』嵯峨本 慶長十三年刊
（国立公文書館蔵）

一三　春日の里（第一段）

昔、男、初冠《うひかうぶり》して、奈良の京《きやう》春日の里に、しるよしして狩にいにけり。その里に、いとなまめいたる女《をんな》はらからすみけり。この男かいまみてけり。思ほえず、ふる里にいとはしたなくてありければ、心地《ここち》まどひにけり。男の着たりける狩衣《かりぎぬ》の裾《すそ》を切りて、歌を書きてやる。その男、しのぶずりの狩衣をなむ着たりける。

春日野の若紫《わかむらさき》のすりごろもしのぶの乱れかぎりしられず

となむ、おひつぎて言ひやりける。ついでおもしろきことともや思ひけむ。

みちのくのしのぶもぢずりたれゆゑに乱れそめにし我ならなくに

といふ歌の心ばへなり。昔人は、かくいちはやきみやびをなむしける。

❖現代語訳

昔、男が、元服をすませて、古都である奈良の春日の里に、領地があるという縁で鷹狩《たかがり》にでかけた。その里に、とても魅力的な姉と妹が住んでいた。それを、この男はちらっと見てしまった。思いがけないことに、多くの人々が住み離れた古い里に、美しい姉妹がとてもたよりない様子で暮らしていたので、男は心が乱れてしまった。そこで男は、着ていた狩衣《かりぎぬ》の裾を切り、そこに歌を書いて姉妹に贈った。その男は、しのぶずりの狩衣を着ていたのだった。

春日野に生えている若い紫草で染めたすりごろも、私の衣はそうではなくしのぶ草で染めた衣ですが、その乱れた文様のように、私の心はあなたを思って、かぎりなく乱れていることです。

と、すぐに言い送ったのだった。

男は、ことのなりゆきがおもしろいとでも思って、このようなふるまいをしたのだろうか。

男の歌は、あの有名な源融《みなもとのとおる》の、

私の心は陸奥国《みちのくのくに》の信夫《しのぶ》郡ならぬ「しのぶもぢずり」の文様のように、恋の思いに乱れていますが、それは誰のせいでもありません、あなたが原因なのです。

という歌と同じ趣向を用いている。

昔の人は、このように、あまりにも度を超えた風雅な求愛のふるまいをしたのだった。

「かいま見」から始まる恋の物語

『伊勢物語』の冒頭の段。元服して大人になったばかりの主人公が、いまは過去の都となった奈良に鷹狩にでかけ、思いがけず美しい姉妹を見て心を乱し、ラブレターを贈る。ただそれだけの話ですが、男女の出会いに「かいま見」（のぞき見）が用いられた、おそらく最初の例として重要です。光源氏が若紫とはじめて出会う『源氏物語』若紫巻の場面は、巻名からも明らかなように、この第一段をふまえて書かれています。ちらっと見てしまう、そんな機会がなければ、当時、貴族の男女が出会う機会はほとんどなかったとも思われますが、それだけでなく、「かいま見」の対象は、多くの場合、予想外の存在や見ることを禁じられた女性でした。

ここで主人公は、姉と妹の二人を「かいま見」しています。美しい女性がいるとは予想もしていなかった世界で二人の女性と出会うこの話の背後には、奈良時代から日本人に愛読され

❖絵を読む

画面の下部では主人公の家来が、この家の侍女に、主人公の手紙を渡しています。狩衣を切って書いた手紙にふさわしく、何やら布地のようなものを差し出しているように見えます。

室内では、二人の姉妹が侍女と向かい合って、手紙のようなものを読んでいます。紙に書かれた普通の手紙のように見えますが、これが画面下部に描かれた主人公からの手紙だとすると、手紙はこの画面で二度描かれていることになります。異なる時間を同じ画面に描く「異時同図」と呼ばれる技法です。

画面左上の鹿は、物語と無関係ですが、もちろんこれは、ここが春日の里であることを示すもの。鹿は、春日神社の神の使いとして、奈良では大切にされてきました。鹿の上には紅葉が描かれています。百人一首にも入っている有名な猿丸太夫《さるまるだゆう》の歌「奥山にもみじ踏みわけ鳴く鹿の声きくときぞ秋は悲しき」(古今集)以来、鹿と紅葉は一対のものとされてきました。

『万葉集』にも大きな影響を与えた中国(唐)の小説『遊仙窟《ゆうせんくつ》』があると考えられていますが、その背後には、仙界に迷い込んだ男が仙女と結ばれる、古い伝説の世界が広がっています。仙女伝説で男たちが出会う相手は、多くの場合姉妹でした。

「しのぶずり」は、摺《すり》模様(プリント柄)の一種ですが、その名前の由来や実態について諸説があります。この段はそれ以外にも問題が多く難解ですが、最後の「いちはやきみやび」という言葉は、主人公の情熱的なふるまいをほめたたえた言葉と解され、「みやび」は『伊勢物語』を象徴する言葉とも言われてきました。

しかし、「いちはやし」は、激しすぎる、せっかちすぎるという批判的な意味に使われる言葉です。「みやび」は求愛の和歌を贈る風雅な行為。物語の語り手は、元服したばかりなのに美女に心を乱し、狩衣の裾を切ったりした主人公のふるまいに対し、昔の人はとんでもない「みやび」をしたものだと、あきれながら批判していると考えられるのです。

一四 筒井筒（第二十三段・その一）

昔、ゐなかわたらひしける人の子ども、井《ゐ》のもとにいでて遊びけるを、おとなになりにければ、男も女も恥《は》ぢかはしてありけれど、男はこの女をこそ得《え》めと思ふ。女はこの男をと思ひつつ、親のあはすれども聞かでなむありける。さて、このとなりの男のもとより、かくなむ、

　筒井《つつゐ》つの井筒《ゐづつ》にかけしまろが丈《たけ》すぎにけらしな妹《いも》見ざるまに

女、返し、

　くらべこしふりわけ髪も肩すぎぬ君ならずしてたれかあぐべき

などいひいひて、つひに本意《ほい》のごとくあひにけり。

❖現代語訳

昔、田舎で暮らしを立てている人の子どもたちが、井戸のそばに出て遊んでいたのだが、大人になってしまったので、男も女もおたがいに恥ずかしがっていたけれど、男はこの女を妻にしたいと思っていた。一方の女も、この男を夫にと思い続けていて、親が他の男と結婚させようとしても承知しないでいた。そうしているうちに、この隣の男のところから、次のような歌が贈られてきた。

　井筒《いづつ》とくらべて高さを測っていた私の背《せ》丈《たけ》も、井筒を超えるほど高くなり、私も大人になったようです、しばらくあなたと会わずにいたあいだに…。あなたと夫婦になりたいと思います。

女からの返事の歌。

　あなたと長さをくらべあってきた私の振り分け髪も、肩を過ぎるほど伸びてきました。あなた以外の誰が、この髪を結《ゆ》い上げることができるでしょうか。あなたの妻になりたいと思います。

などと歌のやりとりをして、最後にはもとの願い通り結婚したのだった。

井筒をめぐる幼なじみの恋

「田舎わたらひ」とは、田舎で生計を立てること。『伊勢物語』の一段である以上、主人公は貴族のはずですから、「田舎わたらひしける人」とは、地方に下って土着した貴族か、それとも地方官をいうと考えられます。どちらにしても、『伊勢物語』の主人公の本来のモデルである在《あり》原業平《わらのなりひら》とはかなり異なった生い立ちですが、この男も『伊勢物語』の主人公として、さまざまな違いを超えた共通する特徴を持っていると考えられます。地方に伝わった伝承を『伊勢物語』らしく作り変えて取り入れたとも思われ、ハッピーエンドに終わる素朴な内容が、人々に広く愛され続けてきました。

◆

専用の井戸を持たず、共通の井戸を使って暮らしているのですから、かなり庶民的な生活。その井戸端で、近くに住む子どもたちがいっしょに遊んでいるのも、身分のある貴族なら考えられないことでしょう。

その井戸の井筒とくらべながら背丈の伸びを測っていたという男の歌、男の子と女の子が互いに髪の長さをくらべあったという女の歌、どちらも当時の歌としては珍しい、素朴な内容の

❖絵を読む

「井筒」は本来円筒形で、木材を四角く組み合わせた井戸枠は「井桁《いげた》」と言ったはずですが、古くからこのように描かれたものが多く見られます。

その井筒にもたれて、井戸をのぞく二人。どちらが男の子か、よくわかりません。元服前の男子は、髪型も服装も女子とほとんど同じでした。背後に見えるのれんは、田舎の象徴なのでしょうか。

実はこの章段は、十四世紀から十五世紀にかけて活躍した能楽師・世阿弥《ぜあみ》の謡曲「井筒」によって、さらに広く知られるようになりました。「井筒」の能舞台には、この絵のように井桁を組んだ作り物が置かれ、没した男を偲《しの》ぶ女の亡霊が、井戸をのぞいてその面影を求めます。井戸の横で遊んでいたはずの男の子と女の子が、このように井戸をのぞく形で描かれるようになったのも、謡曲「井筒」の影響かと考えられています。謡曲は、古典文学を後世に広め伝えるうえで、とても大きな役割をはたしています。

作です。

伸ばした髪をはじめて結い上げる「髪上げ」は「裳着《もぎ》」と並んで女性の成人儀礼でした。結婚を前提に行われることも多く、平安時代には一般に近親者に頼んで、親の代わりに髪を上げてもらいましたが、古くは結婚相手の手で行われた場合もあったようです。あなたに髪を上げてほしいというこの歌の表現は、その古い素朴な形を伝えているように思われます。

当時、男性から求愛の歌を贈られた当時の女性は、本心がどうであれ、いったんは冷たく拒絶するのが決まりでした。ところがこの段の女性は、求愛を積極的に受け入れています。この点でも、当時の歌としては珍しい素朴さを持った一首と言えるでしょう。

一五　河内越え（第二十三段・その二）

さて年ごろふるほどに、女、親なく、頼りなくなるままに、もろともにいふかひなくてあらむやはとて、河内《かふち》の国、高安《たかやす》の郡《こほり》に、行き通ふ所いできにけり。さりけれど、このもとの女、あしと思へるけしきもなくていだしやりければ、男、こと心《ごころ》ありてかかるにやあらむと思ひ疑ひて、前栽《せんざい》の中に隠れゐて、河内へいぬるかほにて見れば、この女、いとよう化粧《けさう》じて、うちながめて、

風吹けば沖つ白波たつた山夜半《よは》にや君がひとり越《こ》ゆらむ

とよみけるを聞きて、かぎりなくかなしと思ひて、河内へも行かずなりにけり。

❖現代語訳

そうして何年も暮らしているうちに、女の親がなくなり、経済的に頼る人がいなくなったので、男は、二人でみじめにすごしていてはよくないと思い、河内《かわち》の国の高安《たかやす》の郡に、新しく妻を作り、通って行くところができた。そうなっても、もとの妻は、不愉快に思っているようすもなく夫を送り出してやったので、男は、妻が別に愛人を作っているのでこのようにするのかと疑い、庭の植え込みの中に隠れて、河内へ行ったふりをして様子を見ていると、この女は、とてもきちんと化粧をして、物思いをしながら外をながめ、

風が吹くと沖の白波が立つ、その「たつ」という名の龍田山を、こんな夜中にあなたは一人で越えておられるのでしょうか。心配なことです。

とよんだのを聞いて、男は妻をとてもいとしいと思い、河内にも行かなくなったのだった。

心をつなぐ「かいま見」と和歌

前回の続き。幼なじみが結ばれて夫婦となった二人ですが、幸福な生活にやがて危機が訪れます。当時の一般的な結婚生活は、最初は通い婚で、やがて夫が妻の家に同居するという形が多かったようですが、どちらの場合も、夫の生活費用は妻の実家が援助していました。その妻の両親がやがてなくなり、自力で生活する力のない主人公は、豊かな女性を新しく妻にして、経済的援助を受けようと考えます。そんな夫を恨む様子も見せず送り出すもとの妻。そんな妻を信じきれず、逆に浮気を疑った男は、こっそり隠れて様子をうかがいます。「河内越え」と呼ばれて、しばしば絵にも描かれてきた、有名な場面です。

◆

物語で語られるのは、いつも複数の人間の心のドラマです。人は、自分以外の人の心を知ることができず、そこからさまざまな葛藤が生じますが、ここで主人公は妻の心を知るために「かいま見」をします。「かいま見」は一三（第一段）でも登場しましたが、ここでは主人公は妻の心を知りたくて、意図的にのぞき見ています。その結果、主人公は妻の真情を知り、河内

❖絵を読む

画面の左下で、植え込みの影にうずくまって妻の様子をうかがう主人公。この絵を見る人は、無意識のうちにこの男の視点に自分を重ね合わせ、主人公の立場からこの場面を見ることになります。「かいま見」の絵でよく使われる方法です。植え込みだけでは頼りないと思ったのか、絵師は大きな築山を描き、主人公はそのかげに身をひそめています。

主人公の視線の先には、妻がいます。盛装したその姿は、田舎育ちの女性には見えず、美しい調度品ともども不自然ですが、貴族らしい雰囲気を持った女性として、このように描かれているのでしょう。その妻は、片手をあげて庭に視線を向け、いままさに、夫の身を案じる歌をよんでいるところのように見えます。

龍田山を越えて河内に行くのですから、舞台は大和国のはずですが、その説明もなく、主人公と妻の心だけに注目する『伊勢物語』。そんな物語にふさわしい、緊張感のある画面構成と言えるでしょう。

に通うことをやめたのです。「かいま見」によって二人の心があらためて結ばれる、そんな素朴なストーリーが、昔から人々の心を魅了してきました。

ここで重要な役割を果たしているのが、和歌です。当時、すぐれた和歌は男女の仲を結び、つなぎとめる力を持っていると考えられていました。この場面では、誰も聞いていないと思って妻が口ずさんだ、いわゆる独詠歌が、結果的に、飾らない本心を夫に伝えることになったのです。

「風吹けば沖つ白波」の部分はいわゆる序詞《じょことば》で、極端に言えば単なる飾りですが、漢語では「白波」には盗賊という意味があり、平安末期の和歌でもその意味に用いられることがありました。この妻の歌についても、盗賊の危険を心配しているという説が古くから出されていますが、正しい解釈とは思われません。

一六　高安の女（第二十三段・その三）

まれまれかの高安《たかやす》に来て見れば、はじめこそ心にくくもつくりけれ、今はうちとけて、手づから飯匙《いひがひ》とりて家子《けこ》のうつはものに盛《も》りけるを見て、心憂《こころう》がりて行かずなりにけり。さりければ、かの女、大和の方《かた》を見やりて、

君があたり見つつを居《を》らむ生駒山《いこまやま》雲な隠しそ雨は降るとも

と言ひて見出《みいだ》すに、大和人《やまとびと》、「来《こ》む」といへり。喜びて待つに、たびたび過ぎぬれば、

君来《こ》むと言ひし夜《よ》ごとに過ぎぬれば頼まぬものの恋ひつつぞ経《ふ》る

と言ひけれど、男、すまずなりにけり。

❖現代語訳

時たま、男が例の高安《たかやす》に来て様子をみると、高安の女は、最初は上品にふるまっていたが、今はもううちとけて、自分で杓子《しゃくし》を取って、ご飯を使用人たちの器《うつわ》に盛っていたのを見て、男は不愉快に思って女のところに行かなくなってしまった。そんなことになったので、その高安の女は、男が住んでいる大和《やまと》の方を遠望して、

あなたが住む大和の方を見ていたいのです。だから、たとえ雨が降っても、雲は、大和の方角にある生駒山を隠さないでください。

という歌をよんで外を見ていると、大和に住むその男が、「行くよ」と手紙をよこした。そこで喜んで待っていると、男は来ることもなく、何度もそのまま時が過ぎてしまうので、

あなたが来るよと言ってくれた夜がいつもそのまま過ぎてしまうので、もうあてにはしていませんが、それでもあなたを恋しく思ってすごしているのです。

という歌をよんだけれど、男は通ってこなくなってしまったのだった。

飯を盛りつける女

第二十三段の第三部、高安《たかやす》（現在の大阪府八尾市）の場面です。まだ時たまここに通ってきていた主人公は、高安の女の行動を見て不快感にたえられず、通うのをやめてしまいます。いったい彼は、何が嫌だったのでしょうか。

◆

江戸時代の学者・賀茂真淵《かものまぶち》は「けこ」を食器（笥子）、「けこのうつはもの」全体も食器の意味だと主張し、その後の注釈もほとんど従っています。それによれば、高安の女は、夫である主人公の食器に、侍女にまかせず自分自身の手でご飯を盛り、その貴族的でないふるまいが主人公を不快にさせたことになります。

◆

しかし最近の研究では、「けこ」を使用人（家子）のことと考えていた、賀茂真淵より以前の解釈の方が正しいと考えられるようになっています。裕福な家の女主人である高安の女は、使用人たちの食事を、ひとりぶんずつ盛り分けているのです。

◆

現代では考えられませんが、つい最近の時代まで、使用人が主人からいただく報酬の中心

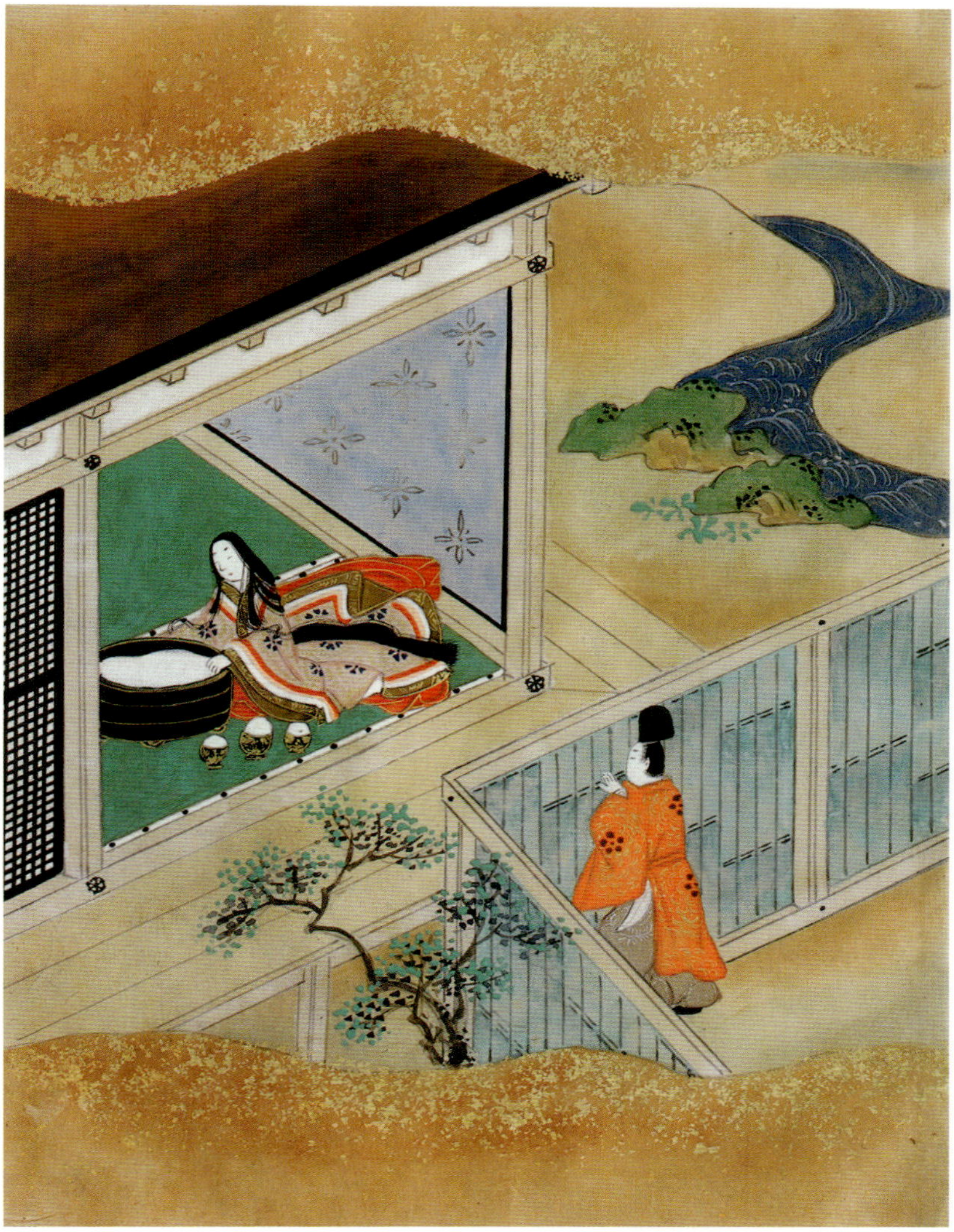

❖絵を読む

画面の右下、竹を使った、いかにも田舎らしい塀のすきまから「かいま見」する主人公。本来、本文によれば、ここは「かいま見」の場面ではなく、高安《たかやす》の女は主人公の目の前でご飯を盛ったはずですが、多くの絵では昔からこのように描かれてきました。おそらく、前回の「河内越え」の絵と対照的に描き、見られた二人の女性の違いを強調しようとしたのでしょう。男の視線の先には、高安の女。彼女も「河内越え」の妻がそうだったように、ご飯を盛っているとは思えない、豪華な衣装を着ています。一五の妻と同じ衣ですが、この本の絵では、女性には同じ衣装が何度も使われています。五（第六段）もそうでした。

女の前には、ご飯を盛った塗り椀が三つ。絵によっては、もっとたくさんの椀が重ねられているものや、ご飯を盛った椀を運び出す侍女を描くものもあります。彼女は一家の女主人として、使用人に与えるご飯を次々と盛っているのです。

は、何よりもまず食事でした。女主人は、使用人一人一人のその日の働きに応じて、量を調節しながら各自の「うつはもの」にご飯を盛っていると思われるのです。それは、一家をきりもりする女主人がしなければならない、重要な仕事でした。けれども、貴族出身である主人公にとってそれは、納得できないふるまいだったのです。彼は、目の前でおこなわれる、けっして上品ではない行為に耐えられず、来訪をやめたと考えられます。高安の女と主人公は、そもそも住む世界がまったく違っていたのです。

◆

高安の女がよむ「君があたり見つつを居らむ」の一首は、奈良時代の『万葉集』に見える古い歌です。『伊勢物語』には東国や田舎の女性が多く登場しますが、彼女たちがよむ歌には、平安時代にはすでに時代遅れで素朴な、つまり田舎っぽい印象を持たれていた『万葉集』の歌がしばしば、おそらくは意図的に使われています。

一七 あづさ弓 （第二十四段）

昔、男、片田舎《かたゐなか》にすみけり。男、宮仕《みやづか》へしにとて、別れ惜《を》しみてゆきにけるままに、三《み》とせ来《こ》ざりければ、待ちわびたりけるに、いとねむごろに言ひける人に、「今宵《こよひ》あはむ」とちぎりたりけるに、この男来《き》たりけり。「この戸あけたまへ」とたたきけれど、あけで、歌をなむよみて出《い》だしたりける。

あらたまの年の三とせを待ちわびてただ今宵こそ新枕《にひまくら》すれ

と言ひ出だしたりければ、

あづさ弓ま弓つき弓年を経《へ》てわがせしがごとうるはしみせよ

と言ひて去《い》なむとしければ、女、

あづさ弓引けど引かねど昔より心は君によりにしものを

と言ひけれど、男帰《かへ》りにけり。女いと悲しくて、しりに立ちて追ひゆけど、え追ひつかで、清水のある所に伏しにけり。そこなりける岩に、およびの血して書きつけける。

あひ思はで離《か》れぬる人をとどめかねわが身は今ぞ消えはてぬめる

と書きて、そこにいたづらになりにけり。

❖現代語訳

昔、男が、女といっしょに片田舎に住んでいた。男は、宮中で帝《みかど》に仕えると言って、女と別れを惜しんで出かけて行ったまま、三年間帰ってこなかったので、女は待ちきれなくなっていたところ、とても熱心に言い寄ってきた男と「今晩結婚しましょう」と約束したのだが、ちょうどその日に、もとの男が帰ってきた。「この戸をあけてください」と言ってたたいたけれど、女はあけずに、次のような歌をよんで書き、外に差し出したのだった。

三年の間あなたを待ちくたびれて、私はちょうど今夜、新しい夫とはじめて枕を共にするのです。

という歌を差し出したところ、もとの男は、

何年もの間私が妻を大切にいつくしんできたように、新しい夫よ、この女を大切にしてください。

と言って立ち去ろうとしたので、女は、

どんな事情があっても、私の心は昔からあなたを慕っておりましたのに。

という歌をよんだけれど、男は帰ってしまった。女はとても悲しくて、男の後ろから追いかけたが、追いつくことができず、清水がわいている所に倒れてしまった。そこにあった岩に、指の血で書き付けた歌、

こちらが思っているのに思ってくれず去って行くあの人を引き留めることができず、私は今ここで死んでしまうようです。

と書いて、そこでむなしくなってしまったのだった。

三年間の不在の末の悲劇

片田舎に住んでいる主人公は、宮仕えをしようと、いわば職探しのために、妻を置いて都に向かいます。その後三年間、夫から音信もなく、もう帰ってこないと思った妻は、熱心に求婚してくる男と結婚の約束をしますが、ちょうどその日に夫が帰ってきたのでした。イギリス文学の名作、テニスンの『イノック・アーデン』をはじめ、さまざまな作品によく用いられている設定です。多くの場合、すでに新しい夫と暮らしている妻のところにもとの夫が帰ってくるのですが、この段はそうではなく、新しい男が

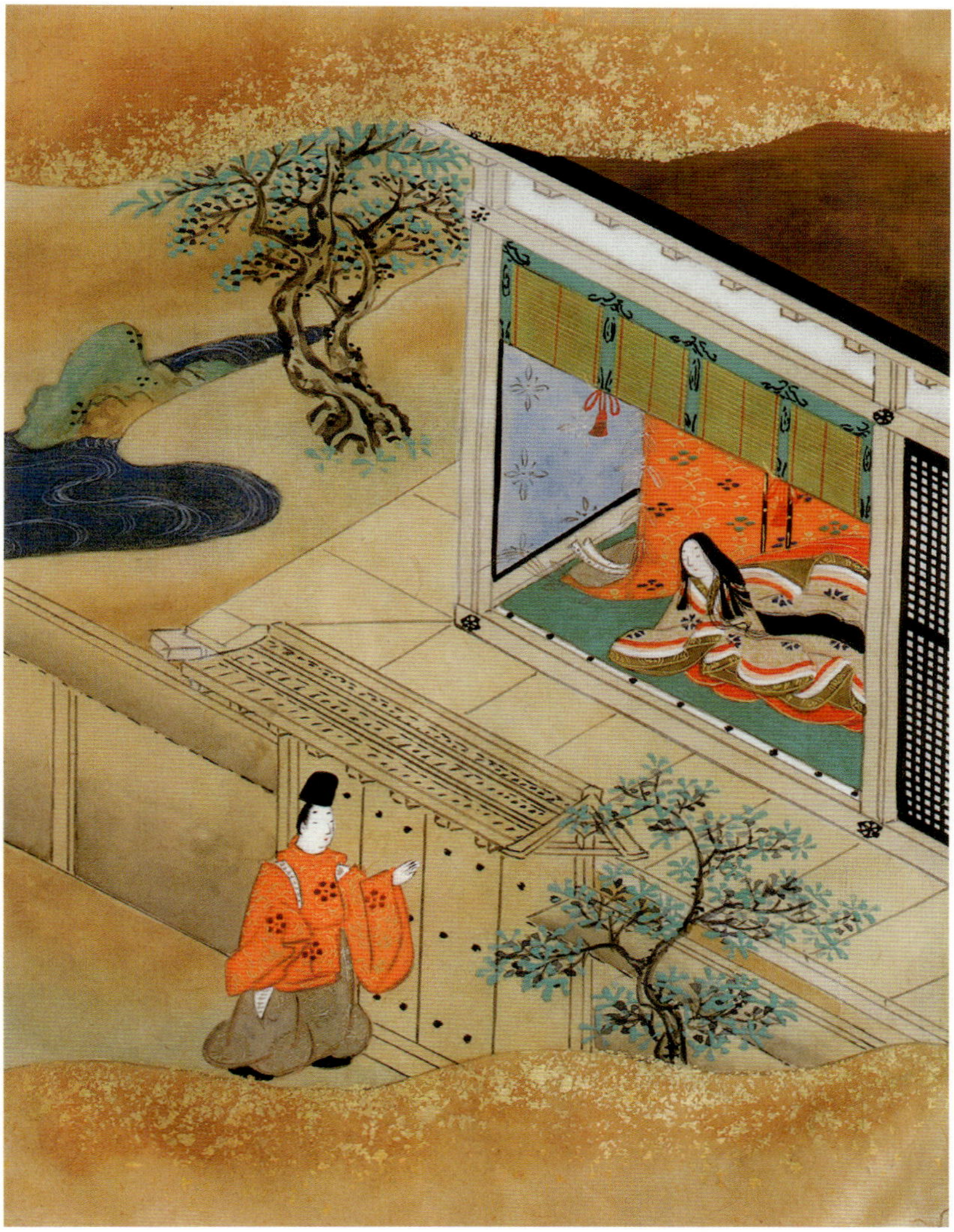

❖絵を読む

画面は、下部の塀と門によって、二つに区切られています。右上の建物の中には、ここでも片田舎には不自然な、一六（第二十三段・その三）等と同じ豪華な衣装で描かれた妻。左下には、戸をたたいている夫がいます。すぐに開けてもらえると思っていたのに反応がなく、とまどっているところでしょうか。

この斜めに区切られた画面構成は、「かいま見」を描いていた一五（第二十三段・その二）、一六（同・その三）とよく似ています。「かいま見」の場面では、絵を見る人は「かいま見」している主人公の立場に立って女性を見ますが、実は絵はやや上の方の視点から描かれているので、鑑賞者は男女両方の姿を同時に見ています。この段でも事情は同じで、私たちは塀の中と外を同時に見ることができます。けれど、主人公は、ここでは妻の様子を知ることができません。

画面を区切る門と塀が、二人の心のへだたりを、みごとに象徴しているのです。

はじめて通ってくることになっていた、その直前に夫が帰ってきたと、物語は語っています。

◆

この段は、『伊勢物語』には珍しく、すべてが妻の視点から捉えられ、語られています。夫が三年間どこで何をしていたのか、何を考えていたか等、妻の知らないことは読者にもいっさい知らされません。おそらく、夫は自分だけでなく妻のためをも思って、三年間都で努力し、その結果を知らせるために、いま帰ってきたはずです。ところが戸をたたいても開けてくれず、別人と結婚することを知らせる歌が差し出されました。妻が喜んで迎えてくれると思っていた夫は驚き、そして絶望したことでしょう。

二首目の歌は難解ですが、「あづさ弓ま弓つき弓」は、三種類の「弓」の名を列挙した表現。「弓」は、男性がいつも手に持って、大切にしていたもの。その「弓」のように、この女性を大切にしてくれと、まだここにはいない新しい夫に贈った歌と考えるべきでしょう。絶望した夫は、もう妻を相手にしていないのです。

◆

妻を信じて帰ってきたけれど裏切られ、絶望して去ってゆく主人公。後を追って死んでしまうほど強い愛情を持ちながら、長期間音信不通だった夫を信じきれなかった妻。すれ違う二人の心が、悲劇の結末を招いたのでした。

一八　花たちばな（第六十段）

昔、男ありけり。宮仕《みやづか》へいそがしく、心もまめならざりけるほどの家刀自《いへとうじ》、まめに思はむと言ふ人につきて、人の国へいにけり。この男、宇佐《うさ》の使《つかひ》にていきけるに、ある国の祇承《しぞう》の官人《くわんにん》の妻《め》にてなむあると聞きて、「女あるじにかはらけ取らせよ。さらずは飲まじ」と言ひければ、かはらけ取りて出《い》だしたりけるに、さかななりける橘《たちばな》を取りて、

五月《さつき》待つ花たちばなの香《か》をかげば昔の人の袖の香ぞする

と言ひけるにぞ思ひ出《い》でて、尼になりて山に入《い》りてぞありける。

❖現代語訳

昔、男がいた。宮廷での公務がいそがしく、妻を大切に思う気持を持てなかった時に、その妻は、大切に思おうと言う人に従って、都を出て地方の国へ行ってしまった。この男は、宇佐《うさ》神宮への勅使《ちょくし》となって下って行った途上で、もとの妻がある国の勅使接待役の妻になっていると聞いて、その接待役の役人に、「ここの女主人に盃《さかづき》を持たせて酒を注《つ》がせよ。そうしなければ酒は飲むまい」と言ったので、その女が来て、盃を取って差し出したところ、男は酒のつまみとして出されていた橘の果実を手に取って、

五月を待って咲く橘の花の香をかぐと、
むかし馴れ親しんだ人の袖の香と同じ香
りがします。なつかしいですね。

という歌をよんだので、女はこの男が昔の夫だったことに気づき、昔を思い出して、尼になり山に籠もって暮らしたのだった。

妻の出奔と再会、すれ違う心

公務が忙しく、妻をかまわなかった主人公。妻はほかの男に言い寄られ、都を去ってしまいます。後に、宇佐《うさ》神宮（大分県宇佐市）への勅使として旅立った主人公は、途中の国の役人の家で、昔の妻と再会します。いまは地方の役人の妻になっている彼女をそっとしておかずに無理に呼び出し、歌をよみかける主人公のふるまいに、思いやりを欠いたわがままを指摘する読者も多く、この段では、主人公の評判はあまりよくありません。

◆

昔の妻を追い詰めてしまう主人公の行動の背後には、ほかの男に心を移して出奔した妻に対する、この時代のきびしい視線も感じられます。しかし、ここでは主人公は、昔の妻を、懲《こ》らしめようと思って呼び出したわけではないと思われます。

『伊勢物語』は、主人公を理想的、模範的な人物として描こうとしているわけではありません。主人公は、時にはこっけいに、時にはみじめに描かれてもいます。この段の主人公は、大切にしなかった自分に見切りを付けて出奔した妻を、まだ忘れられずにいるのだと思われます。だからこそ、彼はその妻を呼び出して歌をよみかけ、その行為が逆に妻を出家に追い込んだのでした。この段もまた、男女の心のすれ違

❖絵を読む

画面の舞台は、勅使接待役の地方官人の家。中央に大きな間仕切りが描かれ、室内は大きく左と右に別れています。左側の奥に座っている主人公に、手前の官人が酒を注《つ》ごうとしています。一方の右側の部屋には、主人公の昔の妻らしい女性が座っています。

主人公は、酒のさかなに出されている、枝に付いたままの橘の実を持ち上げています。本文によれば、彼はいま「五月待《さつき》つ」の歌を昔の妻によみかけているところと思われます。本文によれば、その時、女は盃を取って差し出し、お酌をしようとしていたはずでした。

ところが、この絵では、昔の妻と主人公の間には間仕切りが作られ、二人の間は隔てられています。しかも女性は、後ずさりしたかのように、遠い画面の右端に描かれています。二人の心の間の遠い距離と、昔の妻の心情を、この画面構成は描き出しているように思われるのですが、皆さんはどう思いますか。

いの物語として読まれるべきではないでしょうか。やがて『源氏物語』に描き出されることになる、さまざまな女性たちの不幸な人生のかたちが、『伊勢物語』でもすでに語られているのです。

◇

「かわらけ」は素焼きの皿。平安時代の宴会では未使用の皿で酒を飲み、その後は割って捨てていたようで、当時の屋敷跡からはしばしば大量に出土しています。

「五月待つ」の歌は、『古今集』に見えるよく知られた歌（題しらず・よみ人しらず）をそのまま利用したもの。本来、橘の花の香りから昔の恋人が袖にたきしめていた香りを思い出したという一首と思われますが、ここで酒のつまみとして出されていたのは橘の実。実と花の不一致を承知の上で、この歌はここに使われているようです。

『伊勢物語』嵯峨本 慶長十三年刊
（国立公文書館蔵）

一九　ゆく蛍《ほたる》（第四十五段）

昔、男ありけり。人の娘のかしづく、いかでこの男にものいはむと思ひけり。うち出《い》でむことかたくやありけむ、もの病《や》みになりて、死ぬべき時に、「かくこそ思ひしか」と言ひけるを、親聞きつけて、泣く泣く告げたりければ、まどひ来たりけれど、死にければ、つれづれとこもりをりけり。時は六月《みなづき》のつごもり、いと暑きころほひに、宵《よひ》はあそびをりて、夜《よ》ふけて、やや涼しき風吹きけり。蛍《ほたる》高く飛びあがる。この男、見ふせりて、

ゆくほたる雲の上までいぬべくは秋風吹くと雁《かり》につげこせ

暮れがたき夏のひぐらしながむればそのこととなくものぞ悲しき

❖現代語訳

昔、男がいた。ある人が大切に育てていた娘が、何とかしてこの男と結ばれたいと願っていた。その思いを口に出すのがむつかしかったのだろうか、恋の病になって死にそうになった時に、ようやく娘が「こんなふうに思っていたのです」と口に出したのを、親が聞きつけて、泣きながら男に告げたので、男はあわてて来たけれど、娘は死んでしまったので、男は、することもなく娘の家に籠もっていた。時は六月の末、とても暑い頃だが、宵のうちは音楽をかなでていて、夜がふけてから、少し涼しい風が吹いた。蛍《ほたる》が高く飛び上がる。この男はそれをうつ伏せに伏せったまま見て、次のような歌をよんだ。

飛んでゆく蛍よ。おまえがもし雲の上まで行けるのなら、下界ではもう秋風が吹いている、早く来いと、天上にいる雁に知らせておくれ。

なかなか暮れない長い夏の終日、もの思いにふけっていると、どのことということもなく、もの悲しく思われてくることだ。

死の床に駆けつけた主人公

主人公を思っていながら、その気持を口に出せず、そのために恋の病になった娘。彼女は、死にそうになってはじめて、おそらくは仕えている侍女に、自分の気持を打ち明けます。娘の病の理由をはじめて知った親は、その気持をかなえてくれるよう、泣きながら主人公に訴え、主人公はあわてて駆けつけるのですが、すでに遅く、娘は死んでしまったのでした。

◆

平安時代は、ケガレという考えが強く意識された時代でした。死は、強いケガレとされ、人が死んだ時に居合わせた者は、たとえ来客であろうとケガレに触れたとされて、しばらくの間、その家から出ることができませんでした。主人公は、そんなわけで、一度も会ったことのない女性の家に、手持ちぶさたな状態で籠もることになったのです。

◆

おそらくは話したこともない主人公を思い、それを誰にも打ち明けられず、恋の病で命を失う娘。その気持を聞いて、すぐにおおあわてで死の床に駆けつける主人公。どちらも、現実には考えられない、あまりに純粋な心を持った登

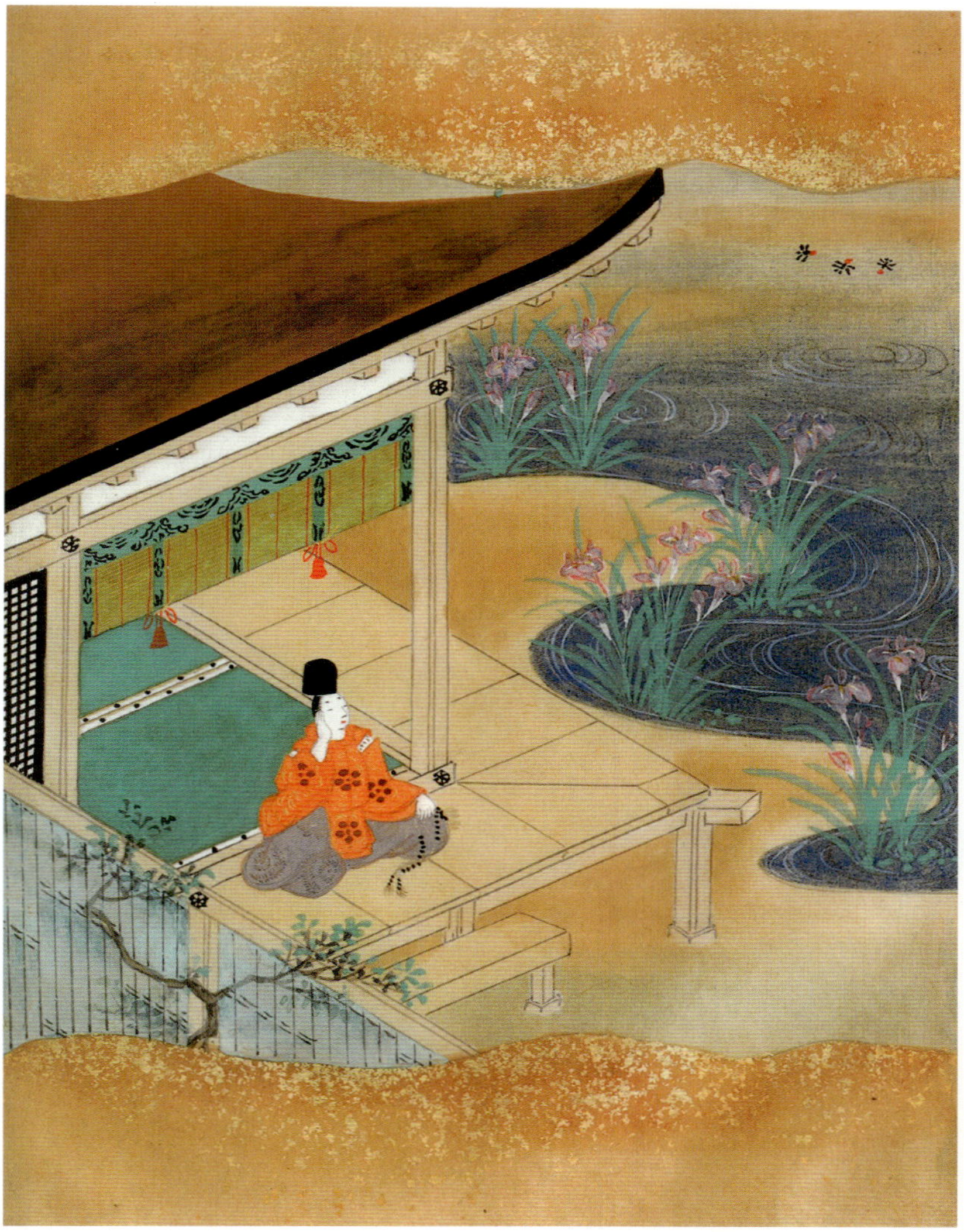

❖絵を読む

本文によればうつぶせのはずですが、この絵では濡れ縁に座り、右手を頬に添えて、少し上方に視線を向けている主人公。服装はいつもの狩衣《かりぎぬ》で、喪服の色ではありませんが、左手には数珠を持っており、その姿が、なりゆきでここに籠もることになってしまった主人公の、中途半端な状況をよくあらわしています。

季節は旧暦六月の末。夏にふさわしく、涼しそうな池が大きく描かれ、そこに、初夏に咲くはずのかきつばたの花がたくさん描かれています。おそらくは夏の水辺の花として絵師は描いているのでしょう。

右上に蛍が三匹、赤い火をともして飛んでいます。それが死者の霊魂の象徴だとすると、死の世界にいる娘と、地上に留まっている主人公の両者、この世で直接逢うことができなかった二人が、この絵の中では、広い空間を隔てて向かい合っていることになります。

上方に目を向けている主人公の目は、蛍をしっかりととらえているのでしょうか。

場人物です。そんな非現実的なふたりが、遂に出会うことができず、生死ふたつの世界に行き違ってしまった結果、主人公は突然駆け込んだ知らない家にそのまま籠もり、喪に服することになりました。

❖

喪に服している者が楽器を演奏することに違和感を感じる人もいますが、ここは、主人公が、亡くなった人の縁者ではなく、ケガレによって閉じ込められてしまった、本来の服喪とは無関係の人物であることに注意すべきでしょう。音楽も歌も、本来無関係なその娘を思わずにおれない主人公の気持の、自然なあらわれと考えられるのです。

❖

一年でもっとも暑い季節。主人公は蛍に呼びかけます。蛍は死者の魂を思わせますが、雁も当時の和歌では、死者の住む異界から飛来する鳥とされることがありました。最後の「暮れがたき」の歌は、内容からは昼間によまれたと思われ、ここにあるのは不自然ですが、この段の主人公がよむ歌として、とてもふさわしい一首です。

二〇 藤の花（第八十段）

昔、おとろへたる家に、藤の花植ゑたる人ありけり。三月《やよひ》のつごもりに、その日、雨そほふるに、人のもとへ折りて奉《たてまつ》らすとてよめる、

ぬれつつぞしひて折りつる年のうちに春はいく日《か》もあらじと思へば

（参考）第九十一段

昔、月日のゆくをさへ嘆く男、三月《やよひ》つごもりがたに、

惜《を》しめども春のかぎりの今日《けふ》の日の夕暮れにさへなりにけるかな

❖現代語訳

昔、零落した家の庭に、藤の花を植えている人がいた。三月の月末に、その日は雨がしとしとと降っていたが、その藤の花を折って使いに持たせ、ある人のところに献上しようとして、次のような歌をよんだ。

この藤の花は、雨に濡れながら、あなたにさしあげようと思って無理に折り取りました。今年のうちに、春はあと何日もないと思うからです。

（参考）第九十一段

昔、月日が過ぎ去ることまで嘆いていた男が、三月の月末に、次のように歌をよんだ。

こんなに春を惜しんでいるのに、その季節が終わる今日の日の、それも夕暮れにまでなってしまったことだ。

春を惜しむという文化

この段の主人公は落ちぶれた貴族。彼は自分の家の庭に藤を植えていて、三月の月末、雨がしとしとと降っていた日に、悪天候にもかかわらず藤の花を折り、ある人にさしあげようとして、歌をよみます。敬語から、相手が身分の高い人物であることがわかりますが、主人公はなぜこの雨の日に、わざわざ藤の花を贈ったのでしょうか。

◆

この時代、貴族たちが夢中になって読みふけったのが、中国・唐の詩人、白居易（白楽天・七七二～八四六）の作品でした。詩の表現や内容だけでなく、彼の生き方そのものも、平安貴族に大きな影響を与えました。その白居易がこよなく愛したのが、旧暦では一～三月にあたる、春という季節。美しい春との別れを悲しんで時のうつろいを嘆く詩を、白居易は数多く作っています。もうおわかりでしょう。三月の末に春の終わりを悲しむのは、白居易に強く影響された当時の風流な貴族たちが共有していた、最新の文化的なふるまいだったのです。

◆

三月の最後の日、長安にあった慈恩寺の紫藤

❖絵を読む

濡れ縁に座る従者らしい男が、屏風の前にいる主人にむかって、歌を結びつけた藤の枝を手で持ち上げて示しています。わかりやすい絵のようですが、これがどんな場面を描いたものなのか、実はなかなか確定できません。

まず考えられるのは、従者が主人から藤の枝に結んだ歌を受け取り、これから先方に届けようとしているとする見方です。右奥には藤棚も見えていて、どうやらこの見方が正しいことを裏付けています。

しかし、そうではなく、この従者は、いま届けられた贈り物を、高貴な主人に取り次いで渡そうとしているとも考えられます。この絵では、主人の服装がとても豪華に描かれていて、高貴な人であることを思わせるからです。

本来は前者の画面だったのに、この絵入り本の絵師が服装を間違えたのかもしれませんね。みなさんはどう思いますか。

の花の下で春を見送った白居易の詩は、特に有名でした。惜春の象徴としての藤。その意味を理解してもらえるはずの教養ある人物に、落ちぶれてはいても風雅を忘れない主人公は、藤の花を贈ったのです。

当時、人にものを贈る時には、かならず和歌を添えなければなりませんでした。その和歌の中では、悪天候の中で摘んだり折ったりしたことが、しばしば強調して表現されています。そこには、そんなに苦労したのは、ほかならぬあなたに贈りたかったためなのですという、強い思いが込められています。

参考としてあげた第九十一段の主人公が、歌でひたすら春の終わりを嘆いてみせているのも、当時の人々が白居易の詩をよく知っていたからです。月日の過ぎ去ることまで悲しんでいたという、一見風変わりなこの主人公も、誇張されてはいますが、仏教の無常感や白居易の影響を強く受けた、当時の文化人・教養人の代表的存在として描かれているのです。

二一　布引の滝（第八十七段・その一）

昔、男、津の国、菟原《うばら》の郡《こほり》、芦屋の里に、しるよしして行きてすみけり。

（中略）

この男、なま宮づかへしければ、それをたよりにて、衛府《ゑふ》の佐《すけ》ども集まり来にけり。この男の兄《このかみ》も衛府の督《かみ》なりけり。

その家の前の海のほとりに遊びありきて、「いざ、この山のかみにありといふ布引《ぬのびき》の滝見にのぼらむ」といひて、のぼりて見るに、その滝、ものよりことなり。長さ二十丈《ぢやう》、広さ五丈ばかりなる石のおもて、白絹《しらぎぬ》に岩を包めらむやうになむありける。さる滝のかみに、わらうだの大きさして、さし出《い》でたる石あり。その石の上に走りかかる水は、小柑子《せうかうじ》、栗《くり》の大きさにてこぼれ落つ。そこなる人にみな滝の歌よます。かの衛府の督まづよむ。

わが世をば今日か明日かと待つかひの涙の滝といづれ高けむ

あるじ、次によむ。

ぬき乱る人こそあるらし白玉《しらたま》のまなくも散るか袖のせばきに

❖現代語訳

昔、男が、摂津の国、菟原《うばら》の郡の芦屋の里に、領地があるという縁で出かけて行き、そこに住んでいた。

（中略）

この男はちょっとした宮廷勤めをしていたので、そのつてを頼って、衛府《えふ》という役所の次官たちが集まって来ていた。いっしょに来ているこの男の兄も、同じ衛府の長官を勤めていたのだった。

その男の家の前の海辺をあちらこちら遊び回り、「さあ、この山の上にあるという布引の滝を見に登ろう」と言って、登って見たところ、その滝は、普通の滝とは違っていた。長さが二十丈《じょう》（※一丈は約三メートル）、横幅が五丈ほどの石の表面に、白い絹で岩を包んだような姿で水が流れ落ちている。そんな滝の上に、座布団ほどの大きさでさし出ている石がある。その石の上に落ちかかる水は、みかんや栗の大きさでこぼれ落ちる。そこにいる人たちみんなに、滝を題にして歌をよませる。あの衛府の長官が最初によむ。

私が栄える時が今日来るか明日来るかと思って待っていても、結局何のかいもないのだが、そのことを悲しんで私が流す涙の滝とこの滝は、どちらが高いことだろうか。

その弟である主人の男が、次によむ。

川の上流で、緒《お》を引き抜いて散乱させている人がいるらしい。ここに、真珠の玉が次から次へと散ってくることだ。この真珠の涙を受け止めようと思っても、私の袖はこんなに狭く、受け止めることもできないのに。

憂愁を慰める貴族たちの遊覧

兵庫県の芦屋は当時、のどかな漁村でした。そこにある別荘に滞在している主人公をたずねて、同じ「衛府《えふ》」の同僚たちが遊びに来ています。「衛府」は宮中の警備をする役所。その長官だった主人公の兄も来ているようです。「宮づかへ」と言っても、彼等はそれほど熱心に励んでいたわけでなく、仕事は適当にこなしながら、のんびり休みを取って来ている様子。現実にこんなことが許されたかどうか不明ですが、

❖絵を読む

画面左下の崖の上にたたずむ三人の男たち。彼等は、流れ落ちる巨大な滝に圧倒されているようですが、この滝を、誰かが激しく泣いている「涙の滝」と見立てて、いま歌をよもうとしています。

一番奥で手をかざしている人物が、主人公の兄でしょう。高い地位の人物にふさわしい、りっぱな衣装を着ています。手前右側には、いつもの衣装を着た主人公が描かれています。

『伊勢物語』の主人公が在原業平《ありわらのなりひら》をモデルにしていることは、当時誰でも知っていました。その兄のモデルは在原行平《ありわらのゆきひら》。業平の没後も活躍し、中納言という高い地位にまで至りましたが、彼は若いころ、何かの事情で、一時摂津国の須磨に籠《こ》もっていたことが知られています。『源氏物語』の主人公光源氏が須磨に引退する物語も、この行平の例をふまえて書かれています。この段の歌で強調されている、満たされない憂愁の思いは、後の光源氏にまで継承されているのです。

『伊勢物語』には、貴族たちが心を解放する小旅行がしばしば描かれています。その目的地の多くは、大阪湾の海岸でした。海のない都に暮らす彼等にとって、海辺の光景は特別の魅力を持っていたようです。

◆

布引《ぬのびき》の滝は、今も人々に親しまれていますが、芦屋からは、かなり距離があります。馬に乗って彼等は移動したのでしょう。ここにはその滝の様子が、とても美しく、具体的に描写されていて印象的です。

◆

美しい風景を前にして、気持の通じ合った仲間が歌をよみあう場面が、『伊勢物語』には数多く登場します。ここもそのひとつ。主人公の兄が、まず歌をよみます。その歌は、流れ落ちる滝の高さに託して、自分の満たされない思いをよんだものでした。激しく流れ落ちる滝は、「涙の滝」と形容されます。

次に歌をよんだ主人公は、滝の水を真珠に喩《たと》え、上流で誰かが緒《お》を引き抜いたのかと言います。これだけでも美しい譬喩ですが、主人公はさらにそれを涙に見立てて、自分の袖では受けとめきれないと言うのです。

二首に共通するのは「涙」。誰かが激しく泣いている、そんなイメージを重ねて、彼等は滝を見ています。満たされない思いや憂愁を共有しながら、彼等は遊覧を続けているのです。

二二　いさり火（第八十七段・その二）

帰りくる道遠くて、うせにし宮内卿《くないきやう》もちよしが家の前来るに、日暮れになりぬ。やどりの方を見やれば、海人《あま》のいさり火多く見ゆるに、かのあるじの男よむ。

晴るる夜《よ》の星か川辺《かはべ》の蛍《ほたる》かもわが住む方の海人のたく火か

とよみて、家に帰り来《き》ぬ。

その夜、南の風吹きて、波いと高し。つとめて、その家の女《め》の子《こ》ども出《い》でて、浮き海松《みる》の波に寄せられたる拾ひて、家の内へもてき来ぬ。女方《をんながた》より、その海松を高坏《たかつき》にもりて、柏《かしは》を覆《おほ》ひて出《い》だしたる、柏に書けり。

わたつみのかざしにさすといはふ藻《も》も君がためにはをしまざりけり

田舎人《ゐなかびと》の歌にては、あまれりや、たらずや。

❖現代語訳

布引《ぬのびき》の滝から帰ってくる道が遠くて、亡くなった宮内卿《くないきょう》もちよしの家の前を通るころに、日暮れになってしまった。今晩泊まる別荘の方を遠望すると、漁師たちのいさり火がたくさん見えるので、その別荘の主人である主人公が、次のような歌をよんだ。

あれは、晴れた夜の星なのか、それとも川のほとりの蛍なのか、あるいは、私が住んでいるあたりの漁師が燃やしているいさり火なのだろうか。

という歌をよんで、家に帰ってきた。

その夜、南の風が吹いて、波がとても高い。翌朝、その家の女性たちが海岸に出て、浮かんでいる海藻が波に打ち寄せられているのを拾って、家の中に持ってきた。家の女主人の方から、その海藻を脚《あし》の付いた台の上に盛り、柏《かしわ》の葉で上を覆って客人たちに差し出した、その柏の葉に、次のような歌が書いてあった。

海の神が髪飾りにするといっていつもは大切に守っている海藻も、あなた方のためには惜しまずに岸辺に打ち寄せてくれたことです。どうぞお受け取りください。

田舎者の女の歌としては、よくできているだろうか、まだまだ不十分だろうか。

海辺の光景を歌によむ

前回の続き。布引の滝から芦屋の別荘に帰ろうとする主人公と同僚たち。道は遠く、途中、今は亡《な》き宮内卿もちよしの家の前を通るころに日が暮れてしまいます。

◆

もちよしが実在の人物かどうか、確認することができません。『伊勢物語』は実在の人物をモデルにして虚構化された作品で、記されている人名はすべて実在の、多くは著名な人物ですが、もちよしだけは例外なのでしょうか。

歴史上に実在はしていなくても、もちろん物語の中では、主人公とその同僚たちは、この地に別荘を構えていた、宮内卿だったもちよしのことをよく知っていました。故人の思い出を語り合い、世の中の無常をしみじみと思いながら、彼等はその家の前を通ったと考えられます。

◆

夜の道をゆく彼等が、これから帰って行く別荘の方に視線を向けると、漁師の舟がともす無数のいさり火が海の上にきらめいています。そ

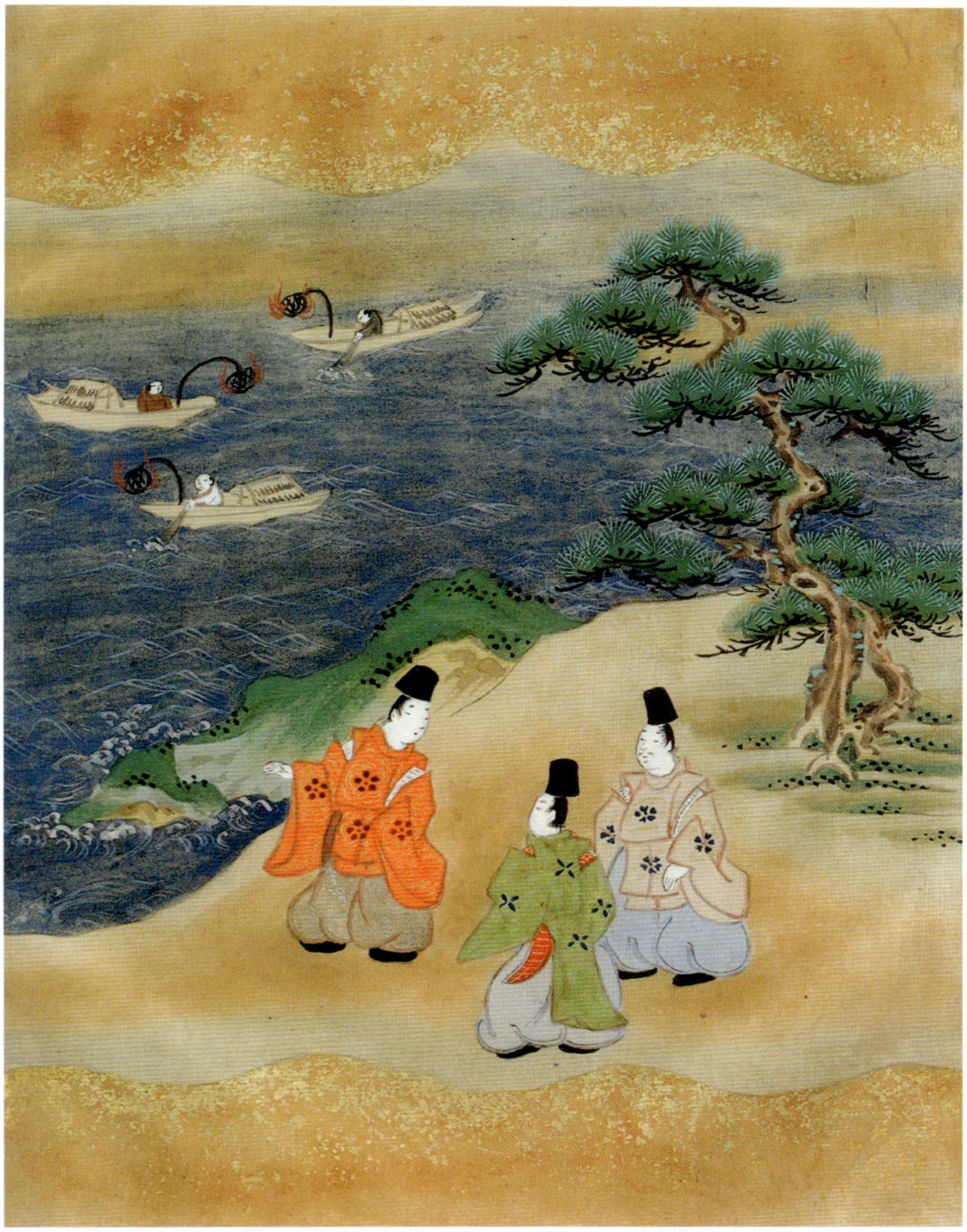

❖絵を読む

画面上部には、夜の海にいさり火をともして漁をする三隻の舟。うち二隻の漁師は網を海に入れて魚を捕っているところまで描かれています。簡素な筆致ですがくわしい描写と言えるでしょう。

下部には、海岸からそれを見る三人の男たち。彼等は馬に乗って移動していたはずですが、今は馬から下りています。先頭の主人公が、うしろの二人に左手でいさり火を指し示し、いま歌をよんでいるところかと思われます。

主人公のモデルである在原業平《ありわらのなりひら》が芦屋に領地や別荘を持っていたという確かな証拠は、残念ながら残されていませんが、この章段が読まれ続けた結果、芦屋には業平にまつわる伝承や遺跡が生まれ、業平の父である阿保親王《あほしんのう》の墓も現在この地にあって、宮内庁によって管理されています。

れを見て主人公が、あれは星なのか蛍なのかと疑ってみせる歌をよみます。ある景物を、よく似た何かと見まちがえてみせるという趣向は、当時の歌人たちが漢詩から学び取った、最新流行の表現でした。地上の月光を霜かと見間違える例は、よく知られています。

◈

翌朝、岸辺に打ち寄せられた海藻を拾い集め、きれいに盛って、主人公の別荘の女主人、つまりは主人公の現地妻ともいうべき女性が、客人たちに贈ります。男主人でなく女主人からものを贈るのが、客人をもてなすひとつの作法だったようです。当時、海藻は貴重な食物として、しばしば贈答に使われていました。

ものを贈るには、和歌を添えることが必要です。女主人はこの海藻を、客人たちのために、海の神様が特別に打ち寄せた贈り物だと取りなします。この歌自身が、言葉による最高のもてなしになっているのです。

◈

けれども、当時の芦屋はひなびた田舎。そこに住む女性がよんだこの歌をどう評価すべきか、なかばユーモラスな疑問が示されてこの章段は終わります。

二三　竜田川（第百六段）

昔、男、親王《みこ》たちの逍遥《せうえう》し給ふところにまうでて、竜田川のほとりにて、
ちはやぶる神代《かみよ》も聞かず竜田川からくれなゐに水くくるとは

❖現代語訳

昔、男が、親王たちが遊覧していらっしゃるところに参上して、竜田川のほとりで、次のような歌をよんだ。

不思議なことが多かった神様の時代にも、こんなことがあったとは聞いたことがありません。竜田川の水面を、紅色《くれない》に括《くく》り染めするなどとは。

絵から生まれた架空の情景

竜田川と竜田山は、当時、紅葉の名所としてさかんに歌によまれました。実際に行って見たことはなくても、美しい紅葉の地としての竜田は、和歌をよむ人々の頭の中で固定したイメージとなっていました。

そんな竜田川に、高貴な皇子たちがお出かけになり、そこに主人公が参上して、水面に散り敷いた紅葉の美しさをたたえる歌をよむ。実に典型的な光景ですが、実はこれは、物語の上で作られた架空の場面です。

◆

この「ちはやぶる」の一首は、在原業平《ありわらのなりひら》の作として『百人一首』にも選ばれ、カルタにもなって人々によく知られていますが、『古今和歌集』によれば、実はこの歌は、二条《にじょう》の后《きさき》の命令によって、竜田川に紅葉が流れている屏風の絵を見てよまれたものなのです。

「水くくる」というのはわかりにくい表現ですが、「くくる」は括《くく》り染めにすること。布を折りたたみ、糸で縛《しば》って染料に浸すと、糸の部分だけが染め残って文様になるという染色体験を学校の授業で経験した人も多いと思いますが、それが括り染めです。水面に散り敷いた紅葉の間から青い水面がのぞいている、それを染め残った部分に見立てて、この水面全体が括り染めされたのだと、作者は大胆に言うのです。動きのない屏風の絵を見てよんだからこそ可能な発想だったとも言えるでしょう。

◆

その歌を、実際に竜田川に行ってよんだ作のように読み替えて、この章段は作られました。この歌が屏風の絵を見てよまれたことはよく知られていました。それを利用して架空の場面を作った『伊勢物語』の虚構を、人々は楽しんで受け止めたと思われます。

◆

「水くくる」が括り染めを言うことは、現在では自明ですが、『百人一首』を選んだ藤原定《ふじわらのてい》家《か》（一一六二～一二四一）の時代には、この語は「水潜《くぐ》る」と解釈され、この一首は、青い水面の下を紅葉が潜って流れる情景をよんだ歌として、高く評価されました。この歌は、いろいろな形で鑑賞され続けた、不思議な一首と言えるかもしれません。

❖絵を読む

散り敷いた紅葉を水面に浮かべて流れてゆく竜田川。ちなみに「もみぢ」とは、色づいた木々の葉を広く言う言葉で、カエデだけを言ったわけではありません。

服装から判断すると、先頭で川をのぞきこんでいる人物が主人公のはずです。その前後にいる二人の人物が皇子たちのはずですが、その服装は高貴な人たちにしては質素です。皇族たちがここにいるからこそ、主人公は、天皇家の祖先神が活躍する神話の「神代《かみよ》」をわざわざ歌によみ込んだはずなのですが、絵師はその事情を理解していなかったようです。解説で言うように、この歌はもともと屏風を見てよまれた作ですが、その屏風も、皇太子の母となった二条《にじょう》の后《きさき》が作らせたものでした。

そんな、皇室ゆかりの高貴な雰囲気をただよわせるためには、ここにどんな描き方が必要でしょうか。皆さんの自由な工夫で、架空の情景を作ってみてください。

❖豆知識

歌仙絵と『百人一首』

三十六人のすぐれた歌人たちを「三十六歌仙」と呼び、その肖像を（もちろん想像で）描くことは古くからおこなわれていました。それにならって『百人一首』の歌人たちの肖像も描かれるようになり、現代のカルタの絵札にまで継承されています。

在原業平《ありわらのなりひら》の肖像は、さまざまな姿に描かれてきました。貴族の官職は文官と武官に分かれますが、武官である近衛府《このえふ》の中将だった業平は、参考図版のように、弓矢を帯した武官の姿に描かれることが次第に多くなり、カルタの世界ではそのように固定しています。

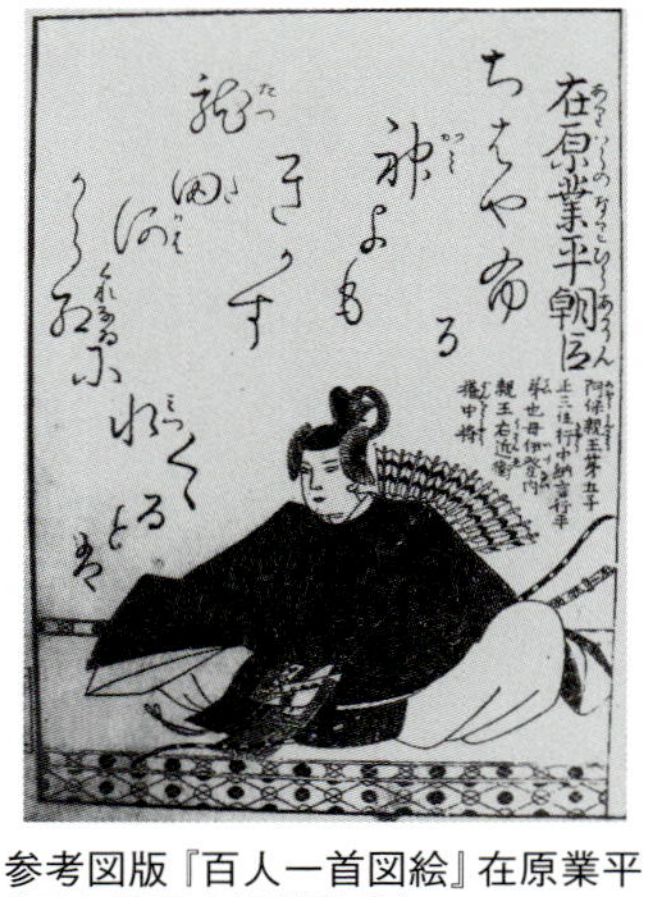

参考図版『百人一首図絵』在原業平
（国文学研究資料館蔵）

二四　あだくらべ（第五十段）

昔、男ありけり。うらむる人をうらみて、

鳥の子を十《とを》づつ十は重《かさ》ぬとも思はぬ人を思ふものかは

と言へりければ、

朝露は消え残りてもありぬべし誰《たれ》かこの世を頼み果《は》つべき

また、男、

吹く風に去年《こぞ》の桜は散らずともあな頼みがた人の心は

また、女、返し、

ゆく水に数書くよりもはかなきは思はぬ人を思ふなりけり

また、男、

ゆく水とすぐる齢《よはひ》と散る花といづれ待ててふ言《こと》を聞くらむ

あだくらべ、かたみにしける男女《をとこをんな》の、忍び歩《あり》きしけることなるべし。

❖現代語訳

昔、男がいた。自分に恨みごとを言ってきた女を逆に恨んで、

もし、まるい卵を十個ずつ十回重ねることができたとしても、こちらを思ってくれていない人を思うことなど、とてもできませんよ。

と言い送ったところ、相手から次の歌が送られてきた。

はかなく消えてしまう朝露も、場合によっては消えずに残ることがあるでしょう。けれども、もっと頼りないあなたとの仲を、誰が最後まであてにできるでしょうか。

また男が送った歌。

たとえ去年の桜の花が風に散らずに残っているようなことがあり得たとしても、あなたの心はもっとはかなくて、すぐに変わってしまい、とても信頼できないことです。

また女が返した歌。

流れる水に数を書き留めようとするよりもはかなく頼りないのは、こちらを思ってくれていない人を思うことです。

また男が送った歌。

流れる水と、過ぎ去って行く年齢と、散ってゆく花と、このうちどれが、待てという言葉を聞き入れてくれるでしょうか。はかなく変わってしまう人の心も同じですね。

これは、お互いに競いあうように浮気ごころをつのらせていた男と女が、それぞれこっそり別の男女のところに出歩いていた時のことなのだろう。

恋のむなしさと無常感

和歌がずらりと並んだ、歌集のようなスタイルの章段です。歌をつなぐ散文がこんなに短くても、虚構の物語を作ることは可能でした。五首の歌の趣旨は、ほとんど同じです。つまり、はかなく変わってしまった相手の心は信頼できず、そんな相手を思うことはできないと言うのです。同じ内容を、五首の歌はそれぞれ、さまざまな趣向を凝らして表現しています。平安時代の人々は、内容よりも、むしろ表現に工夫を凝らして和歌をよんだのでした。

◆

第一首「鳥の子を」の歌の、卵を積み重ねるという譬喩は、中国の書物にある「累卵《るいらん》」とい

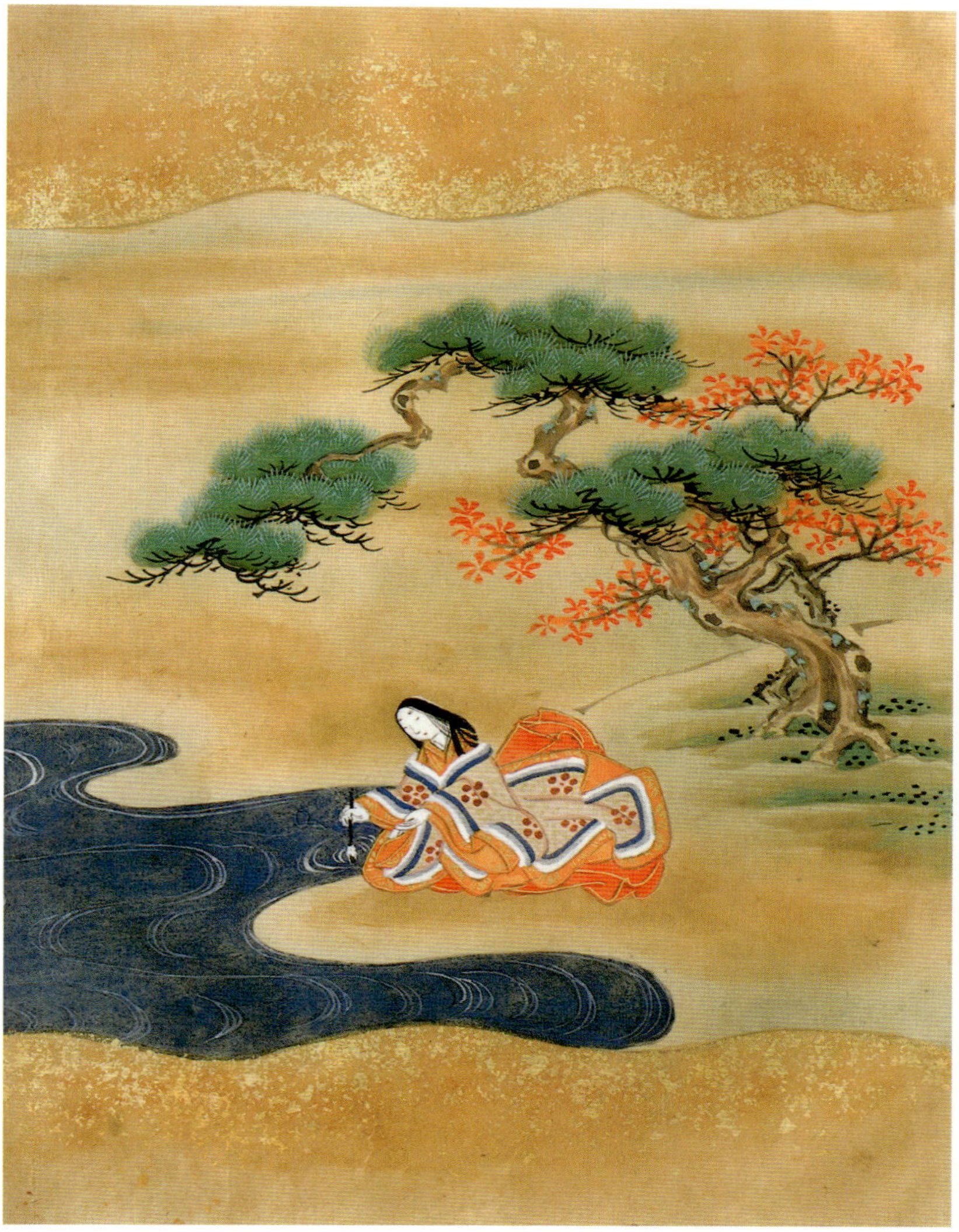

❖絵を読む

豪華な衣装を着た女性が、ただ一人川べりの水辺に、それも直接地面の上に座って、水面に筆を下ろしています。現実にはとてもありそうにない、ふしぎな光景です。そしてまたこの絵の内容は、章段の本文が語っている、互いに恨みあっている男女のやりとりとは、何の関係もないようです。

それでは、この絵は何を描いているのでしょうか。本文の第四首「ゆく水に」の歌では、流水に何かを書き付けることが、はかないことの譬えとしてあげられ、それよりも、浮気な相手を思うことの方がもっと頼りないことだと嘆かれていました。そうです。この絵は、その歌に使われている譬喩の世界、「ゆく水に数書く」というはかない行為を女性が行っている、現実にはあり得ない情景を絵画化したものなのです。和歌は内容も大事でしたが、同時にそれ以上に表現技巧が注目されました。歌の表現技巧だけを象徴的に絵画化したこの絵は、その事情をよくあらわしています。

う有名な故事を使ったもの。第二首「朝露は」の歌の「朝露《あさつゆ》」も、中国の書物で無常の象徴として広く使われた「朝露《ちょうろ》」を日本語に言い直したものです。第四首「ゆく水に」の歌の「数書く」とは、数を数える時に目印の記号を書き付けておくことですが、仏教経典『涅槃経《ねはんぎょう》』には、水に絵を描くことが無常の譬喩として記されていて、よく知られていました。

中国の書物や仏教経典の表現を借りたむつかしい歌のように思われるでしょうが、平安時代には、これらは人々によく知られ、新しい文化の源泉と考えられていました。これらの歌は、おしゃれで知的な表現を使った、現代的な歌だったのです。

『伊勢物語』の主人公は、多くの章段では実直な男として描かれていますが、ここでは男も女も争うように浮気をし、それを互いに恨みあっています。けれど、どろどろした愛憎劇ではなく、むしろユーモラスな印象さえ受けますが、それは、これら五首の歌が知的な表現を使っているからだと思われます。そしてまた、男女の不信感は、ここでは世の中全体に対する無常感と重ねて表現されています。二人が恨みあい嘆きあっている、たよりなく、はかないものは、相手の心であるとともに、またこの世の中全体の無常な姿でもあったのです。これもまた、当時の新しい感性でした。

二五 みそぎ（第六十五段）

かくかたはにしつつありわたるに、身もいたづらになりぬべければ、つひに亡《ほろ》びぬべしとて、この男、「いかにせむ。わがかかる心やめたまへ」と、仏神《ほとけかみ》にも申しけれど、いやまさりにのみおぼえつつ、なほわりなく恋しうのみおぼえければ、陰陽師《おんやうじ》、かむなぎ呼びて、恋せじといふ祓《はら》への具《ぐ》してなむ行きける。祓へけるままに、いとど悲しきこと数まさりて、ありしよりけに恋しくのみおぼえければ、

恋せじとみたらし河にせしみそぎ神は受けずもなりにけるかな

と言ひてなむ去《い》にける。

❖現代語訳

このように見苦しいふるまいを続けているうちに、自分自身もどうしようもなくなってしまいそうなので、こんな状態では最後には破滅してしまうにちがいないと思って、この男は、「どうしましょう。私のこんな心を止めてください」と、仏や神にもお祈り申したが、ますます強く恋の思いがわいてくるばかりで、やはりどうしようもなくひたすら恋しく思われるので、陰陽師《おんみょうじ》や巫女《みこ》を呼んで、恋の思いを止めるというお祓《はら》いの道具を持って河原に出かけた。けれども、お祓いをするにつれて、恋しい気持がますますつのり、以前よりずっと恋しく思われたので、

恋の思いを止めようと御手洗河《みたらしがわ》で行った私のみそぎを、神様は結局受け入れてくださらなかったのだなあ。

と言って、そこを立ち去ったのだった。

『源氏物語』を生んだ心の世界

第六十五段は、年若い主人公が帝《みかど》の寵愛する女性に思いを寄せて密通する物語を語る、『伊勢物語』中でもっとも長い章段の一つ。ここはその途中の一場面で、このままでは破滅すると知りながら自分の恋の思いを止められずに苦しむ主人公が、「みそぎ」を試みるところです。

「みそぎ」は、ケガレを払い清める「はらえ」の一種で、水を使ってケガレを清める儀式。主人公は陰陽師や巫女に依頼し、恋の思いを止めるというお祓《はら》いの道具を用意して、御手洗河《みたらしがわ》に行き、みそぎをしました。御手洗河は、神社の近くの、みそぎに使われる川。平安時代には賀茂川も御手洗河とされ、その河原でもみそぎがしばしば行われていたようです。

結局、この試みは失敗に終わり、主人公の恋心はますます強くなって、この後、ついに二人の関係は帝の知るところとなり、主人公は流罪になってしまいます。若い男性が帝の寵愛を受けている女性に思いを寄せて密通し、その結果都を離れてさすらうというこの章段の設定は、やがて『源氏物語』に取り入れられ、光源氏と藤壺や朧月夜の物語に姿を変えて『源氏物語』

❖絵を読む

岸辺に座る三人。手前右側には赤く塗られた垣が見え、ここが神社であることを暗示しています。左側には幕が張られ、三人はその内側に座っています。

服装から見て、一番手前の人物が主人公でしょう。水辺の近くにいる二人のうち、左側の黒い服装の人物が陰陽師のように見えます。だとすれば、右側の人物は「かむなぎ」でしょうか。「かむなぎ」は平安時代には、一般に女性の巫女《みこ》を言ったと考えられていますが、この絵では男性と解釈されているのでしょうか。この二人はどちらも、玉串《たまぐし》に布や紙を付けた「幣《ぬさ》」と呼ばれるお祓《はら》いの道具を手にしています。

「みそぎ」がどのようにおこなわれたのか、陰陽師と「かむなぎ」の役割も含め、具体的なことはわかりませんが、どこかの段階で、ケガレを清めるために、主人公が手を洗う、または主人公が触れた「幣」を川に流すなどの儀式がおこなわれたと思われます。

の中心的なストーリーを形作ったと考えられています。

ところで、みなさんはこの場面を読んで奇妙だと思わなかったでしょうか。いくら苦しんでいると言っても、自分の恋の思いを止めるためにお祓いをしてもらうとは、普通では考えられません。これはもともと、和歌の中で言葉の上の譬喩として使われていた表現でした。それがここでは、実際に行われています。要するにこの場面は、現実とは異なる、架空の世界を描き出しているのです。そのきわめつけは、恋の思いを止めるというお祓いの道具。そんな道具など実在するはずがなく、これは読者を笑わせるためのギャグとしか思えません。現実にはあり得ない「みそぎ」を大まじめに描き、ギャグや笑いで読者を楽しませながら、けれども物語はそれを通して、主人公の、どうしても止めることができない禁じられた恋の苦しさを、つまりは心の世界を描いているのです。

二六　斎宮（第六十九段）

女、人をしづめて、子《ね》一つばかりに男のもとに来《き》たりけり。男、はた寝られざりければ、外《と》の方を見出《みいだ》してふせるに、月のおぼろなるに、小さき童《わらは》を先に立てて人立てり。男、いとうれしくて、わが寝《ぬ》る所に率《ゐ》て入《い》りて、子一つより丑三《うしみ》つまであるに、まだ何ごとも語らはぬに帰りにけり。男、いと悲しくて、寝《ね》ずなりにけり。つとめて、いぶかしけれど、わが人をやるべきにしあらねば、いと心もとなくて待ちをれば、明けはなれてしばしあるに、女のもとより、言葉はなくて、

君や来《こ》し我やゆきけむおもほえず夢かうつつか寝てかさめてか

男、いといたう泣きてよめる、

かきくらす心の闇にまどひにき夢うつつとは今宵《こよひ》定めよ

❖現代語訳

女は、まわりの人たちが寝静まるのを待って、子の一刻（午後十一時～十一時半）ごろに男の所にやって来た。一方、男も寝られなかったので、室内から外の方をながめて横になっていると、月がおぼろに照らしている中で、小さい女《め》の童《わらわ》に先導させて、人が立っている。男は、とても嬉しくて、自分の寝室に連れて入り、子の一刻から丑の三刻（午前二時～二時半）まですごしたが、まだ何も語り合わないうちに女は帰ってしまった。男はとても悲しくて、そのまま寝ないで夜をすごしたのだった。翌朝、気がかりではあったけれど、こちらから従者に手紙を持たせてつかわすこともできないので、じれったい気持で待っていたところ、すっかり明るくなってしばらくたってから、女の方から、文章はなく、ただ次の歌だけが送られてきた。

あなたが私の所に来たのでしょうか。それとも私が行ったのでしょうか。はっきりわかりません。あれは夢だったのでしょうか、現実だったのでしょうか。寝ていたのでしょうか、目をさましていたのでしょうか。

男は、はげしく泣いて、次の返歌をよんだ。

私の心は悲しみで真っ暗になっていて、混乱して何もわかりませんでした。あれが夢だったのか現実だったのか、今晩おこしいただいてはっきりさせてください。

禁断の恋の物語

伊勢神宮には未婚の皇女が斎宮《さいくう》として遣わされ、祭祀《さいし》にあたっていました。斎宮が居住した場所も斎宮と言いますが、三重県多気郡明和町にあるその遺跡は発掘が進み、整然とした姿が明らかになって、「斎宮歴史博物館」も作られ史跡としての整備が進んでいます。

この第六十九段では、主人公は鷹狩《たかがり》をして宴会用の食料を捕獲する「狩の使」に任命され、伊勢の国（現在の三重県）に来て、縁戚にあたる斎宮のもてなしを受けます。そして、あろうことか、男性との関わりが禁じられたその斎宮と、一夜をすごすのです。タブーを無視し神を裏切る禁断の恋が、ここには描かれています。

この場面は、そのクライマックス。斎宮が自分の方から男性のところにやって来るという設

❖絵を読む

寝られずにぼんやり外をながめていた男の視界に、突然、おぼろ月の光に照らされて、小さい童《わらわ》に先導された斎宮の姿が出現するという、もっとも印象的な瞬間が絵画化されています。男の背後にあるのは夜具として使っていた上掛け。外を見ながら横になっていたはずの主人公の男がきちんと座っている点が気になりますが、この図柄の方が、寝たままよりも、男の驚きと喜びが見るものによく伝わってくるようです。

観賞者の視線は、主人公の視線と一緒になって、画面の左側の斎宮《さいぐう》に集中します。斎宮の上部には月が描かれ、舞台照明のようにこの場面を照らしています。

深夜の秘密の来訪に童が同行することを不自然に思う人も多いと思いますが、童の存在によって斎宮の高貴さが強調されていることが、この絵を見るとよくわかります。この場面のもとになった中国の『鶯鶯《おうおう》伝』では、小説中で大活躍する侍女の紅娘《こうじょう》が、ヒロインの鶯鶯《おうおう》を抱きかかえるようにして登場しています。

定が印象的ですが、これは、中国の伝奇小説《でんきしょうせつ》『鶯鶯伝《おうおうでん》』の場面を取り入れたものです。『鶯鶯伝』は、詩人・白居易の親友である元稹《げんじん》（七七九〜八三一）の作で、後の時代に『西廂記《せいしょうき》』という名で戯曲化され、現代でも中国の人々に愛されています。

斎宮は神に仕える聖なる皇女。そんな別世界の女性との恋愛物語は、仙界の仙女との恋を語る古い伝承を、現実的な姿に変えて作り出されたと考えられます。第一段（一三）がそうだったように、奈良時代から日本でもさかんに読まれていた『遊仙窟《ゆうせんくつ》』の影響が、ここにも見られます。禁じられた仙女との恋が、ここでは巧妙に日本的な設定に作り替えられているのです。

◆

このように、この段はすべて虚構であったことが明白ですが、平安時代の末期には、この内容は事実であったとされ、さまざまな風説や秘伝が生み出されました。

◆

禁断の恋を語るスキャンダラスなこの段は、『伊勢物語』の中心的な章段と考えられ、『伊勢物語』という作品名も、伊勢国を舞台にしたこの段に基づくという説が有力です。禁じられた恋という主題が、やがて『源氏物語』に受け継がれていったことは、言うまでもありません。

参考文献

★『伊勢物語』入門

・『恋する伊勢物語』　俵 万智著　ちくま文庫（平成七年）
・『伊勢物語』　坂口由美子編　角川ソフィア文庫―ビギナーズ・クラシックス（平成十九年）

★『伊勢物語』を通読したい人のために

・『伊勢物語』　大津有一著　岩波文庫（昭和三十九年）
・『伊勢物語―現代語訳付』　森野宗明校注　講談社文庫（昭和四十七年）
・新潮日本古典集成『伊勢物語』　渡辺実校注　新潮社（昭和五十一年）
・『伊勢物語―付現代語訳』　石田穣二訳注　角川ソフィア文庫（昭和五十四年）
・対訳古典シリーズ『伊勢物語』　中野幸一訳注　旺文社（平成二年）
・新編日本古典文学全集『竹取物語・伊勢物語・大和物語・平中物語』（伊勢物語）福井貞助校注・訳　小学館（平成六年）
・新日本古典文学大系『竹取物語・伊勢物語』（伊勢物語）堀内秀晃・秋山虔校注　岩波書店（平成九年）
・校注古典叢書『伊勢物語』　片桐洋一校注　明治書院（新装版・平成十六年）
・『伊勢物語全読解』　片桐洋一著　和泉書院（平成二十五年）

★『伊勢物語』の版本や絵入り本、絵巻を見たい人のために

・『伊勢物語絵巻絵本大成』　羽衣国際大学日本文化研究所編　角川学芸出版（平成十九年）
・『伊勢物語版本集成』　山本登朗編　竹林舎（平成二十三年）
・『宗達伊勢物語図色紙』　羽衣国際大学日本文化研究所伊勢物語絵研究会編　思文閣出版（平成二十五年）

鉄心斎文庫について

鉄心斎文庫《てつしんさいぶんこ》は、青年時代から『伊勢物語』を愛してやまなかった、三和テッキ株式会社の元社長・故芦澤新二《あしざわしんじ》氏が、夫人の美佐子氏とともに四十年以上の歳月をかけて収集した、空前の『伊勢物語』コレクションです。収集品には、『伊勢物語』やその注釈書のさまざまな写本・版本はもちろん、関連する絵画、屏風、カルタなど多彩な内容が含まれていて、その総点数は約一千点におよびます。本書には、芦澤美佐子氏のご好意により、同文庫所蔵の「絵入り伊勢物語」の絵と本文を使わせていただいています。

※本書の『伊勢物語』本文は、鉄心斎文庫蔵「絵入り伊勢物語」の本文により、表記などを一部あらためています。

業平菱

本書に使っているワンポイントマークは、有職文様《ゆうそくもんよう》ともいわれる日本の伝統的な文様のひとつで、一般に、『伊勢物語』の主人公のモデルである在原業平が好んだとされ、「業平菱《なりひらびし》」と呼ばれています。

あとがき

本書は、京都新聞社の依頼によって、平成二十六年四月七日から九月二十九日まで、ほぼ毎週一度ずつ、二十六回にわたって『京都新聞』に連載した内容を一冊にまとめたものである。連載にあたっては、当時編集局文化報道部次長だった松下亜樹子氏、文化部の専門記者であった山本雅章氏に大変お世話になった。特に山本雅章氏からは、限られた新聞紙面と字数の問題や、それぞれの文章のタイトルについて、いろいろな形でのご助力やご助言をいただいた。ここに記して、あらためて感謝申し上げる。

連載終了後、この内容を一冊の本にまとめるよう、多くの人から要望があったが、毎回、新聞の紙面ほぼ一面を使ってカラーで絵を載せ文章を書いたものを、あらためて本の形にするには、いろいろな工夫も必要で、必ずしも容易ではなかった。その厄介な出版を快く引き受けていただき、いろいろとご尽力をいただいた和泉書院の廣橋研三社長に、心より御礼申し上げたい。また、芦澤美佐子氏からは、鉄心斎文庫ご所蔵の「絵入り伊勢物語」の絵の使用を、『京都新聞』連載の時と同様にお許しいただいた。あらためて感謝申し上げる。

『京都新聞』連載に当たっては、高校生にも理解できるようにという要請を受け、できるだけ多くの人々に読んでいただけるよう心がけたつもりだったが、はたしてどうだろうか。この本がきっかけになって、『伊勢物語』の魅力が少しでも多くの人々の心に伝わることを願うものである。

■著者紹介
山本　登朗（やまもと　とくろう）

昭和二十四年大阪府生まれ。京都大学大学院文学研究科博士課程単位取得退学。京都光華女子大学教授、関西大学文学部教授を経て、
現在、京都光華女子大学名誉教授、関西大学名誉教授。博士（文学）関西大学。

（主要著書）

『伊勢物語論　文体・主題・享受』（笠間書院、平成十三年）

『伊勢物語　成立と享受（1虚構の成立・2享受の展開）』

（竹林舎、平成二十～二十二年、編著）

『伊勢物語　創造と変容』

（和泉書院、平成二十一年、共編著）

『日本古代の「漢」と「和」　嵯峨朝の文学から考える』

（勉誠出版、平成二十七年、共編著）

絵で読む伊勢物語

二〇一六年　六月一〇日初版第一刷発行
二〇二二年一一月一五日初版第三刷発行
（検印省略）

著　者　山本登朗
発行者　廣橋研三
発行所　有限会社　和泉書院
大阪市天王寺区上之宮町七-六
〒五四三-〇〇三七
電話　〇六-六七七一-一四六七
振替　〇〇九七〇-八-一五〇四三

印刷・製本　遊文舎

ISBN978-4-7576-0807-8　C0093